あなたには、
人生《じんせい》をかけられるほどの夢《ゆめ》はありますか——

ILLUMINATION
PRESENTS
SING
シング

# バスター・ムーン

## BUSTER MOON

経営《けいえい》不振《ふしん》で倒産《とうさん》寸前《すんぜん》のムーン劇場《げきじょう》の支配人《しはいにん》。ショーへの情熱《じょうねつ》は誰《だれ》にも負《ま》けず、ポジティブな性格《せいかく》で、ピンチに陥《おちい》っても夢《ゆめ》を追《お》い続《つづ》けているコアラ。たまに、周囲《しゅうい》を巻《ま》きこんでしまうことも。

## ナナ・ヌードルマン
**NANA**

エディの祖母《そぼ》で、大変《たいへん》気《き》むずかしい性格《せいかく》のもち主《ぬし》。かつては伝説《でんせつ》の歌姫《うたひめ》として名《な》をはせ、バスターが劇場《げきじょう》支配人《しはいにん》になるきっかけを作《つく》った存在《ざい》でもある。今《いま》は豪邸《ごうてい》にひとりで暮《く》らしている。

## エディ
**EDDIE**

バスターの親友《しんゆう》のヒツジ。お金持《かねも》ちの家《いえ》で育《そだ》ったお坊《ぼっ》ちゃま。窮地《きゅうち》に立《た》たされたバスターの力《ちから》になるなど、意外《いがい》と面倒見《めんどうみ》がいい。

## ミス・クローリー
**MISS CRAWLY**

ムーン劇場《げきじょう》で働《はたら》く、バスターの秘書《ひしょ》のトカゲ。バスターに対《たい》してとても献身的《けんしんてき》だが、ちょっとおっちょこちょいなところも。よく義眼《ぎがん》を落《お》とす。

# CHARACTERS《キャラクターズ》

**オーディション出場《しゅつじょう》者《しゃ》たち**

## アッシュ
ASH

パンクロックをこよなく愛《あい》するヤマアラシの少女《しょうじょ》。恋人《こいびと》とふたりでバンドを組《く》んでいる。ロックな歌《うた》を歌《うた》っていきたいと思《おも》っているが、バスターと方《ほう》向性《こうせい》が合《あ》わず、ときに衝突《しょうとつ》することも。

## ジョニー
JOHNNY

ギャングファミリーの一《いち》員《いん》で、とても美《うつく》しい歌声《うたごえ》をもつゴリラ。いつもボスである父親《ちちおや》の目《め》を気《き》にしている。ひそかにギャングをぬけてシンガーになりたいと考《かんが》えているが、なかなか言《い》い出《だ》せない。父親《ちちおや》に内緒《ないしょ》で歌《うた》のオーディションに参加《さんか》することに。

## ロジータ
ROSITA

毎日《まいにち》、家事《かじ》と25匹《ひき》の子《こ》ブタの育児《いくじ》におわれている。忙《いそが》しすぎる夫《おっと》とは、会話《かいわ》もあまりできない。歌《うた》のオーディションがあることを知《し》り、母親《ははおや》でも妻《つま》でもない自分《じぶん》を取《と》り戻《もど》すべく、参加《さんか》を決《き》める。

内気《うちき》すぎるゾウの少女《しょうじょ》。人前《ひとまえ》に出《で》ると声《こえ》が出《で》なくなってしまうほど極度《きょくど》のあがり症《しょう》。しかし、パワフルな歌声《うたごえ》を秘《ひ》めていることを知《し》る家族《かぞく》からはオーディションへの参加《さんか》を勧《すす》められる。会場《かいじょう》に行《い》ってみるものの、やっぱり失敗《しっぱい》し、劇場《げきじょう》のスタッフとして働《はたら》くことになるが……。

## ミーナ
MEENA

## マイク
MIKE

フランク・シナトラのようなムーディーな美声《びせい》をもつ、ジャズミュージシャン。お金《かね》、権力《けんりょく》、派手《はで》なものが大好《だいす》きで、いつもトラブルを招《まね》いてしまう。自己《じこ》チューな性格《せいかく》のハツカネズミ。

## グンター
GUNTER

常《つね》にハイテンションで、どこまでも陽気《ようき》なシンガー兼《けん》ダンサーのブタ。ペアを組《く》むことになったロジータの歌《うた》の素質《そしつ》を即座《そくざ》に見抜《みぬ》き、彼女《かのじょ》の才能《さいのう》を引《ひ》き出《だ》すことを使命《しめい》と感《かん》じている。

STORY《ストーリー》〈あらすじ〉

## オンボロ劇場《げきじょう》をたて直《なお》すため、歌《うた》のコンテストを開催《かいさい》することに！

なんと賞金《しょうきん》は…
10万《まん》ドル！？

倒産寸前《とうさんすんぜん》のムーン劇場《げきじょう》の支配人《しはいにん》バスター・ムーンは、劇場《げきじょう》を守《まも》るために歌《うた》のコンテストを開催《かいさい》することを思《おも》いつく。さっそく秘書《ひしょ》のミス・クローリーにチラシを作《つく》らせると、チラシは風《かぜ》にあおられ街中《まちじゅう》に……。するとそのチラシを見《み》て、たくさんの参加《さんか》希望者《きぼうしゃ》が劇場《げきじょう》に押《お》し寄《よ》せたのだ！
　オーディションの結果《けっか》、最終候補《さいしゅうこうほ》者《しゃ》は6名《めい》にしぼられた。あとは本番《ほんばん》を待《ま》つばかり。しかし、実《じつ》はバスターにはある悩《なや》みごとがあって……。

スターになるチャンスと

賞《しょう》金《きん》を求《もと》め集《あつ》まったのは

ユニークでパワフルな

強者《つわもの》ばかり……!?

最《さい》終《しゅう》選《せん》考《こう》に残《のこ》ったのは……

# STORY《ストーリー》

# SING
# シング

澁谷正子／著

★小学館ジュニア文庫★

# 1

劇場《げきじょう》――そこは現実《げんじつ》を忘《わす》れさせてくれる空間《くうかん》。日常《にちじょう》から切《き》りはなされて、別《べつ》の世界《せかい》へと連《つ》れていってくれる場所《ばしょ》だ。

今晩《こんばん》もここ『エピファニー劇場《げきじょう》』には、大勢《おおぜい》の動物《どうぶつ》たちが、つかのまの夢《ゆめ》を求《もと》めて訪《おとず》れていた。建物前《たてものまえ》の階段《かいだん》には赤《あか》い絨毯《じゅうたん》が敷《し》かれ、玄関《げんかん》には赤《あか》い服《ふく》を着《き》たドアマンが立《た》っている。

劇場《げきじょう》の時計《とけい》では、もうすぐ午後九時《ごごくじ》になろうとしていた。そろそろ上演開始《じょうえんかいし》だ。時間《じかん》ぎりぎりにやってきた客《きゃく》たちが、足早《あしばや》に玄関《げんかん》を通《とお》りすぎ、場内《じょうない》へと消《き》えていく。

観客席《かんきゃくせき》は、ぎっしり満員《まんいん》だ。世紀《せいき》の歌姫《うたひめ》、ヒツジのナナ・ヌードルマンの歌《うた》を聞《き》くために、大勢《おおぜい》の観客《かんきゃく》たちがつめかけているからだ。

二階《にかい》のいちばん前《まえ》の席《せき》にいる六歳《ろくさい》のコアラ、バスター・ムーンもそのひとりだ。父親《ちちおや》の膝《ひざ》にちょこんとすわり、ショーの始《はじ》まりを今《いま》か今《いま》かと待《ま》ちかまえていた。

やがて場内《じょうない》が暗《くら》くなり、舞台《ぶたい》の赤《あか》い幕《まく》があがる。

さあ、始《はじ》まるぞ！　バスターはわくわくして身《み》をのりだした。メロディーとともに、ナナが登場《とうじょう》した。会場《かいじょう》は割《わ》れんばかりの拍手《はくしゅ》だ。

満月《まんげつ》をバックに、セットの岩《いわ》の上《うえ》で、ナナは歌《うた》いだした。スポットライトを浴《あ》びて、紫《むらさき》色《いろ》のドレスを身《み》にまとったナナの姿《すがた》がかがやく。ナナは歌《うた》いながら一歩《いっぽ》ずつ岩《いわ》をのぼっていき、やがて頂上《ちょうじょう》にさしかかると、両手《りょうて》を大《おお》きく広《ひろ》げた。

先《さき》ほどまで興奮《こうふん》していた観客《かんきゃく》も、今《いま》はうっとりと歌《うた》に聞《き》きほれている。なかには感動《かんどう》で涙《なみだ》を浮《う》かべている者《もの》もいる。それほどナナの歌声《うたごえ》は、みんなの心《こころ》を揺《ゆ》さぶるものだった。

バスターはすっかり舞台《ぶたい》のとりこになっていた。どこにでもいるふつうの子《こ》どもが、この瞬間《しゅんかん》、舞台《ぶたい》に恋《こい》したのだった。

きらきら光《ひか》るライト、舞台《ぶたい》を引《ひ》き立《た》たせるセット、その匂《にお》いにさえも。

ショーって、なんてすばらしいんだろう！　ぼくもいつかこんなショーをつくって、みんなを喜《よろこ》ばせたいな。コアラ初《はつ》の宇宙飛行士《うちゅうひこうし》になるという夢《ゆめ》は捨《す》てた。ぼくはエンターテインメントの世界《せかい》で一流《いちりゅう》になるんだ！

# 2

時《とき》は流《なが》れ、バスターは夢《ゆめ》を実現《じつげん》させた。

『ムーン劇場《げきじょう》』をつくり、オーナーとなったのだ。ここまでくるのは、決《けっ》して楽《らく》ではなかった。すばらしいショーをつくりたい。その気持《きも》ちだけに支《ささ》えられてきたのだ。

青《あお》いスーツに赤《あか》い蝶《ちょう》ネクタイ姿《すがた》のバスターは、今日《きょう》もオフィスで新《あたら》しいショーの企画《きかく》を立《た》てていた。

うん？　オフィスの外《そと》がさわがしいな。

オレンジ色《いろ》のワンピースを着《き》て、サンバイザーを頭《あたま》にのっけた年寄《としよ》りのトカゲが、背《せ》をまるめてオフィスに入《はい》ってきた。長年《ながねん》バスターに仕《つか》えている、秘書《ひしょ》のミス・クローリーだ。

「おはようございます、ムーンさん」

「ミス・クローリー、外《そと》がうるさいけど……なんの騒《さわ》ぎ？」

「あなたに会《あ》いたがっている動物《どうぶつ》が、わんさと押《お》しかけています」

「ぼくに会《あ》いたいって？」

バスターは窓《まど》のブラインドのすきまから、外《そと》を見《み》た。

「こりゃ、たいへんだ」

キリンやサル、サイをはじめ、たくさんの動物《どうぶつ》たちが、オフィスのドアをドンドンたたいている。なんだかみんな、ひどく怒《おこ》っているらしい。

「ムーン、ドアをあけろ！」

「最後《さいご》に上演《じょうえん》したショーのスタッフたちが、〝ギャラの小切手《こぎって》が不渡《ふわた》りになった〟と怒《おこ》ってるんです」

「なんだって？」

ミス・クローリーが説明《せつめい》した。

アッチャー。バスターは頭《あたま》をかかえた。

ショーをつくるには、とてつもなく金《かね》がかかる。舞台装置《ぶたいそうち》、照明《しょうめい》、音響《おんきょう》、出演者《しゅつえんしゃ》やスタッフのギャラや宣伝費《せんでんひ》……。理想《りそう》を追《お》い求《もと》めるあまり、ショーを上演《じょうえん》するたびに赤字《あかじ》を出《だ》していて、バスターはどん底《ぞこ》……つまり、金欠状態《きんけつじょうたい》だったのだ。

とりあえず今《いま》は、押《お》しかけている連中《れんちゅう》をどうにかしないと。

「やつらにいってくれ。銀行《ぎんこう》からすぐに支払《しはら》わせると」

「そういえば、銀行《ぎんこう》のジュディスさんから二番《にばん》にお電話《でんわ》が入《はい》っています」

ジュディスから電話《でんわ》だって？　嫌《いや》な予感《よかん》がする。ジュディスは銀行《ぎんこう》の貸付係《かしつけがかり》だ。どうせ、ろくな用《よう》じゃないだろう。すぐ金《かね》を返《かえ》せとか……バスターはもう一度《いちど》、頭《あたま》をかかえた。

まったくもう、朝《あさ》からなんて一日《いちにち》だ！

「ジュディスには、あとでかけ直《なお》す」

「なんといっておきましょう？」

「バスター・ムーンはランチに出《で》かけてるとでも、いっといてくれ」

表《おもて》では、相変《あいか》わらず怒《おこ》った動物《どうぶつ》たちがわめいていた。

「ムーン、ドアをあけろ！　ここにいるのは、わかってるんだぞ！」

チンパンジーが怒鳴《どな》った。騒《さわ》ぎはおさまりそうにない。

ここはひとつ、逃《に》げるしかないだろう。バスターは、壁《かべ》に掛《か》かっている絵《え》をどけた。絵《え》の裏《うら》の壁《かべ》に穴《あな》があいている。バスターはその穴《あな》をくぐり抜《ぬ》け、ステージの天井部分《てんじょうぶぶん》に出《で》た。梁《はり》を歩《ある》いて、セットの三日月《みかづき》にのると、ステージまでおりた。

そして客席《きゃくせき》を通《とお》り、劇場《げきじょう》の正面玄関《しょうめんげんかん》から表《おもて》に出《で》た。さらに愛車《あいしゃ》の赤《あか》い自転車《じてんしゃ》にまたがり、猛《もう》スピードで劇場《げきじょう》から離《はな》れた。

正面《しょうめん》からやってきたバスをよけると、今度《こんど》は青《あお》い車《くるま》と衝突《しょうとつ》しそうになったが、たくみな運転《うんてん》のおかげで、ぶつからないですんだ。交差点《こうさてん》で交通整理《こうつうせいり》をしているサイの警官《けいかん》の前《まえ》を突《つ》っ切《き》り、公園《こうえん》の階段《かいだん》を駆《か》けおりていった。

新《あたら》しいショーを開《ひら》けば……みんながアッというようなショーをやれば、このどん底《ぞこ》の状況《じょうきょう》から抜《ぬ》け出《だ》すことができるんだが。どんなショーを開《ひら》けばいい？

そのときふと、あるアイデアがひらめいた。こいつはいけるかもしれない！

# 3

その頃《ころ》、街角《まちかど》ではゴリラの若者《わかもの》が銀行《ぎんこう》の壁《かべ》にもたれて、歌《うた》を口《くち》ずさんでいた。顔《かお》に似合《にあ》わず、やさしい歌声《うたごえ》だ。
革《かわ》のジャンパー姿《すがた》のそのゴリラは、ジョニーという。実《じつ》はギャングの息子《むすこ》で、父親《ちちおや》たちがひと稼《かせ》ぎしているあいだ、見張《み は》り役《やく》をつとめているところだった。
誰《だれ》かがくる気配《けはい》がする。ジョニーはハッとして、角《かど》から通《とお》りを見《み》た。サイの警官《けいかん》がふたり、歩《ある》いてくる。手《て》に飲《の》み物《もの》やハンバーガーを持《も》っているところを見《み》ると、ランチを買《か》いにいった帰《かえ》りらしい。

ジョニーはすばやく、物陰《ものかげ》に隠《かく》れた。

「うん？　歌声《うたごえ》が聞《き》こえた気《き》がしたけど……気《き》のせいか」

警官《けいかん》のひとりが足《あし》を止《と》めたが、すぐにまた歩《ある》きだした。

ふうっ、行《い》っちまった。ジョニーはほっとした。そのとき、トランシーバーの呼《よ》び出《だ》し音《おん》がした。ジョニーは仲間《なかま》に告《つ》げた。

「まだ中《なか》にいて。近《ちか》くに警官《けいかん》がいる」

ジリジリジリ！　非常《ひじょう》ベルの音《おと》が響《ひび》いた。と同時《どうじ》に、銀行《ぎんこう》の二階《にかい》から、ウサギのお面《めん》をかぶったゴリラたちが袋《ふくろ》を手《て》に、次々《つぎつぎ》ととびおりてくる。ジョニーの父親《ちちおや》、ビッグ・ダディに率《ひき》いられたギャングたちだ。

ベルの音《おと》を聞《き》きつけ、先《さき》ほどのサイの警官《けいかん》たちも、急《いそ》いで戻《もど》ってきた。

「手《て》をあげろ！」

銃《じゅう》を抜《ぬ》いて、警官《けいかん》は叫《さけ》んだ。

ビッグ・ダディたちはぎょっとしたが、そこは百戦錬磨《ひゃくせんれんま》のギャングの一団《いちだん》。

キキーッ！　タイヤをきしませて、一台《いちだい》のトラックが猛《もう》スピードで突進《とっしん》してきて停《と》まった。逃走用《とうそうよう》の車《くるま》だ。

ギャングたちはすぐに荷台《にだい》にとびのった。トラックが発進《はっしん》する。まさに目《め》にもとまらぬ早業《はやわざ》だ。警官《けいかん》たちもポカンと見《み》ているしかなかった。

「待《ま》ってくれ！」

置《お》きざりにされそうになったジョニーは、トラックのあとを必死《ひっし》に追《お》いかけた。冗談《じょうだん》じゃない。こんなところで捕《つか》まってたまるか！

「ジョニー！」

ビッグ・ダディが荷台《にだい》から手《て》を伸《の》ばした。ジョニーがその手《て》をつかむと、ビッグ・ダディはぐいと息子《むすこ》を引《ひ》きよせ、荷台《にだい》にのせた。

「ジョニー、おまえは見張《みは》り役《やく》だったのに、何《なに》してたんだ⁉」

「ごめん、父《とう》さん」

ジョニーはうなだれた。

「それに、おまえのお面《めん》はどうした？」

銀行強盗《ぎんこうごうとう》をするときは、お面《めん》で素顔《すがお》を隠《かく》すのが決《き》まりだ。ジョニーはあわてて、ポケットからウサギのお面《めん》を出《だ》して、顔《かお》につけた。

おれは本当《ほんとう》は、強盗《ごうとう》なんかじゃなくて、歌手《かしゅ》になりたいんだ！　心《こころ》の中《なか》で叫《さけ》んだが、それを口《くち》に出《だ》せるはずがない。ああ、どうしたらいいんだろう？

さて、こちらは一軒《いっけん》の住宅《じゅうたく》。青《あお》い羽目板張《はめいたば》りの家《いえ》の中《なか》からは、素敵《すてき》な歌声《うたごえ》が聞《き》こえてくる。歌《うた》っているのは、この家《いえ》の主婦《しゅふ》、ブタのロジータだ。ピンクのシャツにジーンズ姿《すがた》のロジータは、二十五人《にじゅうごにん》の子《こ》ども相手《あいて》に朝食《ちょうしょく》のしたくをしているところだった。

息子《むすこ》のキャスパーがテーブルにのり、母親《ははおや》のまねをして歌《うた》っている。

「ねえ、ぼくの歌《うた》、ママそっくりでしょ？」

「キャスパー、テーブルからおりなさい！」

ロジータが叱《しか》っていると、夫《おっと》のノーマンがキッチンにあらわれた。

「ロジータ、車《くるま》のキー見《み》なかったかい？」

ノーマンのいつものセリフだ。毎日《まいにち》、車《くるま》のキーをどこかに置《お》き忘《わす》れてしまうのだ。ロジータはキーを夫《おっと》に投《な》げた。朝一番《あさいちばん》のセリフがこれだなんて、まったくもう！　ほかにいうことないのかしら？

「ノーマン、わたしの歌《うた》が上手《じょうず》だっていってよ」

「ああ、きみは最高《さいこう》の歌手《かしゅ》だよ、ハニー」

ノーマンは気《き》のない様子《ようす》でいうと、つけくわえた。

「そうだ。洗面台《せんめんだい》がまたつまっていたよ。じゃあ、行《い》ってくるね」

ロジータはため息《いき》をつき、窓《まど》の外《そと》を見《み》やった。庭《にわ》にずらりと干《ほ》してある子《こ》どもたちの洗《せん》濯物《たくもの》が目《め》に入《はい》る。あーあ、わたしの毎日《まいにち》って、こんなのでいいのかしら？

# 4

「ワン、ツー、ワンツースリーフォー！」

ヤマアラシのランスが、ライブハウスで声《こえ》を張《は》りあげた。横《よこ》ではコンビを組《く》んでいる、同《おな》じくヤマアラシの女《おんな》の子《こ》、アッシュがギターをかき鳴《な》らしている。

「おれは〜♪」

ふたりの声《こえ》がハモる。歌《うた》がサビの部分《ぶぶん》にさしかかる。と、突然《とつぜん》、プツッと電源《でんげん》が切《き》れた。

ライブハウスのマネージャー、クマのハリーがコードを抜《ぬ》いたのだ。

「おいおい、それでもミュージシャンか？」

ハリーは、あきれたように目《め》をぐるりと回《まわ》した。

ギターケースをかついで帰《かえ》る道《みち》すがら、ランスがアッシュにいった。

「アッシュ、リードボーカルはおれだろ？　しゃしゃり出《で》てくるな」

「ごめんなさい。ついつい夢中《むちゅう》になっちゃって」

アッシュはうつむいた。

「おれの歌《うた》を台《だい》なしにするなよ」

ランスに冷《つめ》たくいわれ、アッシュはしょんぼりとうなずいた。


「ハッピー・バースデイ・ツー・ユー♪」

ゾウのミーナはケーキを手《て》に、バースデーソングを歌《うた》いながら家族《かぞく》の前《まえ》にあらわれた。

ミーナ手作《てづく》りのケーキには、数《かぞ》えきれないほどたくさんのろうそくが立《た》っている。今日《きょう》はおじいさんの誕生日《たんじょうび》だ。

母親《ははおや》、おじいさん、おばあさんは、ミーナの美《うつく》しい歌声《うたごえ》に聞《き》きほれている。

ケーキをテーブルに置《お》いても、みんながうっとりした顔《かお》でいるので、ミーナは首《くび》をかしげた。

「どうしたの、みんな？　さあ、おじいちゃん、願《ねが》いごとをして」

「わしの願《ねが》いごとは、こうだ。ミーナが聖歌隊《せいかたい》に入《はい》れますように。地元《じもと》のバンドでもなんでもいい」

「わたしだって、努力《どりょく》はしたわ！」

ミーナは、いいはった。

「お父《とう》さん、その話《はなし》はもう終《お》わったはずよ」

ミーナの母親《ははおや》が、おじいさんをたしなめた。かわいい娘《むすめ》の傷口《きずぐち》を広《ひろ》げたくなかったからだ。

「ミーナはちょっと恥《は》ずかしがり屋《や》だっただけだ。だろう？ わしがミーナのような美《うつく》しい声《こえ》をもっていたら、今頃《いまごろ》スーパースターだ！」

「おじいちゃん、もういいから火《ひ》を消《け》して」

ふんがあ〜！ おじいさんは鼻息《はないき》も荒《あら》く、ケーキのろうそくの火《ひ》を吹《ふ》き消《け》した。

ミーナは複雑《ふくざつ》な思《おも》いだった。

歌《うた》は大好《だいす》きだ。いつか、みんなの前《まえ》で思《おも》いきり歌《うた》ってみたい。それがミーナの夢《ゆめ》だった。けれど内気《うちき》すぎる性格《せいかく》が災《わざわ》いして、いつもせっかくのチャンスを自分《じぶん》でつぶしてしまう。脚《あし》がふるえて、声《こえ》が出《で》なくなってしまうのだ。家族《かぞく》の前《まえ》では、うまく歌《うた》えるのに。でもきっと、それでいいんだわ。ミーナは自分《じぶん》で自分《じぶん》をなぐさめた。

駅《えき》の階段《かいだん》では、ハツカネズミがサックスを吹《ふ》いていた。ストライプの赤《あか》いスーツとそろいの帽子《ぼうし》をかぶったそのネズミは、マイクという。

通《とお》りすがりのヒヒが、サックスのケースにコインを投《な》げ入《い》れ、階段《かいだん》をおりていった。そのコインを見《み》て、マイクは目《め》をまるくした。

「一《いっ》セントだって？　冗談《じょうだん》だろ？　おれは有名《ゆうめい》な音楽院《おんがくいん》で勉強《べんきょう》したんだぞ！」

マイクがまくしたてると、ヒヒはすまなそうにいった。

「悪《わる》いな。それしか金《かね》がないんだ」

ヒヒは立《た》ち去《さ》ろうとしたが、

「へえ、そうかい」

マイクは勢《いきお》いよく階段《かいだん》を駆《か》けおり、ヒヒの胸《むな》ぐらをつかんだ。

「だったら、証明《しょうめい》してみせろよ！」

喧嘩腰《けんかごし》のマイクに、ヒヒは目《め》をまるくした。

「証明《しょうめい》だって？　どうやって？」

「おまえのポケットをカラにしてみせろ！」

ふうっ、しかたないな。ヒヒはポケットに手《て》をつっこんで、中身《なかみ》を道路《どうろ》にぶちまけた。

「なんだ、これは？　やばいものか？」

吸入器《きゅうにゅうき》を見《み》て、マイクは聞《き》いた。

「……それは、喘息用《ぜんそくよう》の薬《くすり》だ」

「ふん！」

ヒヒのぶちまけた中《なか》には、紙幣《しへい》もあった。

「ほ〜ら、あるじゃないか！」

マイクは紙幣《しへい》をつかんでひらひらさせながら、周囲《しゅうい》にいる動物《どうぶつ》たちに呼《よ》びかけた。

「みなさーん、ここにいるヒヒは嘘《うそ》つきですよ！」

「うっかり忘《わす》れてたんだ」

ヒヒは言《い》い訳《わけ》をした。

「二度《にど》とちっこいやつをいじめんなよ！」

マイクにつめよられ、ヒヒは息《いき》が苦《くる》しくなった。喘息《ぜんそく》の発作《ほっさ》だ。あわてて胸《むね》をおさえ、吸入器《きゅうにゅうき》を口《くち》にくわえた。

「卑怯者《ひきょうもの》め！」

マイクは怒《いか》りがさめやらぬ様子《ようす》で、吐《は》き捨《す》てた。

# 5

バスターは〝イカ・レストラン〟と看板《かんばん》のかかった店《みせ》の前《まえ》で自転車《じてんしゃ》をおり、駐車係《ちゅうしゃがかり》に告《つ》げた。

「愛車《あいしゃ》をよろしく頼《たの》む。おんぼろでサビだらけだけど……高級車《こうきゅうしゃ》だから」

店内《てんない》は壁一面《かべいちめん》が水槽《すいそう》になっていて、中《なか》を無数《むすう》のイカが泳《およ》いでいる。見事《みごと》なながめだ。

友人《ゆうじん》であるヒツジのエディが、バスターの向《む》かい側《がわ》にすわっている。赤《あか》いジャージの上着《うわぎ》にオレンジ色《いろ》の短《たん》パンという、目立《めだ》つ服装《ふくそう》だ。

「そりゃ。うちの劇場《げきじょう》がピンチだってことはわかってるよ。でも、よくいうだろ？　どんな絶望的《ぜつぼうてき》な状況《じょうきょう》でも希望《きぼう》を捨《す》てるなって。ぼくらは……」

「ストップストップ、ちょっと待《ま》ってくれ、バスター」

エディが口《くち》をはさんだ。

「今日君《きょうきみ》に会《あ》うってパパにいったら、こういわれたんだ。『あのコアラにいっとけ。もう二度《にど》とあんなショーに金《かね》は出《だ》さんとな』って」

エディは腰《こし》に手《て》を当《あ》て、父親《ちちおや》の口《くち》まねをした。

「きみの父《とう》さんは正《ただ》しい」

バスターはうなずいた。

「今《いま》までは演目《えんもく》が悪《わる》かった。あんなショーを見《み》たがる客《きゃく》はいないさ。だろ？　どうしたらいい？」

「劇場《げきじょう》を閉《と》じるか？」

と、エディ。

「まさか。誰《だれ》もが見《み》たがるようなショーをつくるんだ。それは、つまり……」

コホン。チンパンジーの給仕長《きゅうじちょう》が、わざとらしく咳払《せきばら》いをした。いつまで経《た》っても水《みず》だけ飲《の》んで、料理《りょうり》を注文《ちゅうもん》しないバスターたちにいらだっているらしい。

「ちょこっとだけ待《ま》ってくれる？　シル・ヴ・プレ」

バスターは〝お願《ねが》いします〟というフランス語《ご》をまじえて、気取《きど》って答《こた》えた。給仕長《きゅうじちょう》がむっとした顔《かお》で、引《ひ》き下《さ》がった。

「メルシー」

バスターはまたも鼻《はな》にかかったフランス語《ご》で、〝ありがとう〟と声《こえ》をかけた。エディが、恥《は》ずかしそうにささやいた。

「フランス語《ご》なんか使《つか》うなよ。そんな客《きゃく》、誰《だれ》もいやしない」

バスターはどこ吹《ふ》く風《かぜ》で、テーブルに身《み》をのりだした。

「ぼくの次《つぎ》のショーは……」

といって、指《ゆび》でテーブルをドラムロールのようにたたいた。

「……それは、歌《うた》のコンテストだ！」

「なんだって？」

エディが目《め》をまるくした。

「そんなの、誰《だれ》が見《み》たがるっていうんだ？」

信《しん》じられない。歌《うた》のコンテスト？　時代後《じだいおく》れもいいところだ。バスターのやつ、さんざん考《かんが》えて出《だ》した答《こた》えが、これか？　ど素人《しろうと》じゃあるまいし。エディはがっかりした。

「みんなだよ。考《かんが》えてもみろよ。ご近所《きんじょ》さん、スーパーの店長《てんちょう》とか、そこのニワトリとか」

バスターは、近《ちか》くで皿《さら》を運《はこ》んでいるニワトリのウエイターを指《ゆび》さした。

「この街《まち》の誰《だれ》もが、スターになるチャンスがあるんだ。ぼくの劇場《げきじょう》で！」

バスターは、熱《ねっ》つぽくしゃべった。

「バスター、今《いま》どき、そんなアイデアはウケないよ」

「そんなことない！」

エディの忠告《ちゅうこく》にも、バスターは耳《みみ》を貸《か》さない。

「日常《にちじょう》の生活《せいかつ》に埋《う》もれている本物《ほんもの》の才能《さいのう》。観客《かんきゃく》はそれを待《ま》っている。そしてぼくは、みんなの期待《きたい》にこたえてみせる」

メニューをそっと見《み》て、エディがささやいた。

「なあ、ここ出《で》たほうがよくない？」

「腹減《はらへ》ってないのか？」

「減《へ》ってるよ。でも、ここ高《たか》いから」

「わかってるさ。だから……」

バスターはテーブルに、ランチボックスをどんと置《お》いた。

「サンドウィッチを持《も》ってきた」

「そんな！　持《も》ち込《こ》みなんて、ルール違反《いはん》だ」

エディはおちつきなく、あたりを見《み》わたした。

「どれがいい？　ピーナッツバターとジャムのサンドは？」

そこにチンパンジーの給仕長《きゅうじちょう》が、ふたたびあらわれた。

「失礼《しつれい》します、お客様《きゃくさま》」

バスターは給仕長《きゅうじちょう》のことばも耳《みみ》に入《はい》らない様子《ようす》で、サンドウィッチを選《えら》んでいる。

「ええと、クリームチーズ、バナナ……」

数秒後《すうびょうご》、バスターはレストランから放《ほう》りだされていた。玄関《げんかん》から出《で》てきたエディが声《こえ》をかけた。

「大丈夫《だいじょうぶ》かい？」

「ああ、絶好調《ぜっこうちょう》さ！」

バスターは、すたすたと歩《ある》きだした。

# 6

カタカタカタカタ。秘書《ひしょ》のミス・クローリーは、自分《じぶん》のオフィスでキーボードをたたいていた。歌《うた》のコンテストのチラシの原稿《げんこう》を書《か》いていたのだ。うだるように暑《あつ》い日《ひ》だが、冷房代《れいぼうだい》を節約《せつやく》するため、エアコンは禁物《きんもつ》だ。そこで窓《まど》を大《おお》きくあけ、扇風機《せんぷうき》のスイッチを最強《さいきょう》に

している。

と、内線電話《ないせんでんわ》が鳴《な》った。

「もしもし、どなた?」

スピーカーフォンで出《で》ると、相手《あいて》はバスターだった。ふたりのオフィスはガラスで仕切《しき》られているので、互《たが》いの姿《すがた》は丸見《まるみ》えだ。

「おはようございます、ムーンさん。ご用件《ようけん》は?」

「悪《わる》いんだけど、これからぼくのいうことをチラシに書《か》きくわえてもらえる?」

「はい。どうぞ」

ミス・クローリーはもう一度《いちど》、キーボードに向《む》きなおった。

「歌《うた》のコンテストの優勝者《ゆうしょうしゃ》には、賞金《しょうきん》が贈《おく》られます」

バスターは手提《てさ》げ金庫《きんこ》をあけ、中《なか》を調《しら》べた。残《のこ》っている金《かね》は、九百三十五《きゅうひゃくさんじゅうご》ドルだった。思《おも》ったより少《すく》ないな。少《すく》なくとも千《せん》ドル(約十一万円《やくじゅういちまんえん》)はあると思《おも》ったのだが。

「これじゃ足《た》りない」

九百三十五《きゅうひゃくさんじゅうご》ドルなんて半端《はんぱ》な賞金《しょうきん》では、ショーが開《ひら》けない。客《きゃく》が呼《よ》べない。うーん、どうしたらいい? ムーンは腕《うで》を組《く》んで考《かんが》えた。

とりあえず、何《なに》か足《た》すしかないだろう。バスターは大《おお》きなトランクを用意《ようい》し、その中《なか》に手提《てさ》げ金庫《きんこ》、ラジオ、腕時計《うでどけい》、丸《まる》めたカーペットなどを入《い》れてふたを閉《し》めると、トランクを鎖《くさり》でしばった。これで、千《せん》ドルくらいにはなったはずだ。

「賞金《しょうきん》は千《せん》ドルだ。わかったかい？」

「ええ、賞金《しょうきん》は千《せん》ドルですね」

そのとき、扇風機《せんぷうき》の強《つよ》い風《かぜ》にあおられ、ミス・クローリーの右目《みぎめ》の義眼《ぎがん》がポトッとはずれ、コンピュータのモニターにぶつかった。あわてて拾《ひろ》おうとしたが、義眼《ぎがん》はミス・クローリーの手《て》の中《なか》でお手玉《てだま》のようにポンポン弾《はず》んで、キーボードに落《お》ちた。数字《すうじ》のゼロのキーの上《うえ》に。

さらに義眼《ぎがん》はその場《ば》でもう一度《いちど》大《おお》きくバウンドし、結果的《けっかてき》にゼロがふたつ増《ふ》えてしまった。つまり、金額《きんがく》が二桁増《ふたけたふ》え、千《せん》ドルが十万《じゅうまん》ドルになってしまったのだ。

けれど、ミス・クローリーは義眼《ぎがん》の行方《ゆくえ》に気《き》を取《と》られていて、モニターに映《うつ》しだされた数字《すうじ》には気《き》づかない。義眼《ぎがん》はころころと床《ゆか》を転《ころ》がっていく。

何《なに》も知《し》らないバスターは、意気揚々《いきようよう》と告《つ》げた。

「そこに残《のこ》ってる紙全部《かみぜんぶ》に印刷《いんさつ》して、配《くば》ってくれ。すぐに。いいね？」

「かしこまりました」

ミス・クローリーはプリンターをセットすると、席《せき》を立《た》った。床《ゆか》に落《お》ちた義眼《ぎがん》を探《さが》しているあいだに、賞金十万《しょうきんじゅうまん》ドルと印刷《いんさつ》された紙《かみ》が、次々《つぎつぎ》とプリンターから吐《は》き出《だ》されてくる。

やがて大量《たいりょう》のチラシができあがった。

そのとき、窓《まど》からさっと風《かぜ》が吹《ふ》きこんできた。バスターは窓際《まどぎわ》に立《た》ち、空気《くうき》を吸《す》った。

「ああ、変化《へんか》の風《かぜ》が吹《ふ》いている」

窓《まど》から身《み》をのりだし、周囲《しゅうい》の壁《かべ》を見《み》た。ペンキが剥《は》げかかっている。

「今度《こんど》のショーが成功《せいこう》したら、ビルのペンキを塗《ぬ》りなおすとしよう」

バスターは、ミス・クローリーのオフィスに入《はい》った。

「どう、チラシはできた？」

「ええ、このとおり」

ミス・クローリーは、両手《りょうて》にチラシの山《やま》をかかえている。

「あとは配《くば》るだけです」

その瞬間《しゅんかん》、扇風機《せんぷうき》の風《かぜ》をもろに食《く》らい、チラシが次々《つぎつぎ》に窓《まど》から舞《ま》っていく。

「たいへんだ！　窓《まど》を閉《し》めて！」

バスターは叫《さけ》んだが、もう遅《おそ》い。チラシは一枚残《いちまいのこ》らず、とんでいってしまった。

「あら、まあ」

ミス・クローリーは手《て》を口《くち》に当《あ》てた。

「まあ、いいさ。チラシを配《くば》る手間《てま》がはぶけたと思《おも》えば」

バスターは、肩《かた》をすくめた。

# 7

あれ、空《そら》から何《なに》かが落《お》ちてくるぞ。

街《まち》にいる動物《どうぶつ》たちは、空《そら》を見《み》あげた。たくさんの紙《かみ》が、ひらひらと舞《ま》っている。バスターのオフィスの窓《まど》から吹《ふ》きとばされたチラシだ。

交差点《こうさてん》でサイの警官《けいかん》も、交通整理《こうつうせいり》していた手《て》を止《と》め、顔《かお》を上《あ》げた。公園《こうえん》にいた動物《どうぶつ》たちも、空《そら》から落《お》ちてきたチラシを手《て》に取《と》った。

駅《えき》のホームでは、ヤマアラシのアッシュとランスが電車《でんしゃ》を待《ま》っていた。あれ、なんだろう？　ランスの背中《せなか》に貼《は》りついているチラシに気《き》づいて、アッシュは手《て》に取《と》った。電車《でんしゃ》がきて、ランスが先《さき》にのった。

〝歌《うた》のコンテスト〟、〝賞金十万《しょうきんじゅうまん》ドル〟の文字《もじ》が、アッシュの目《め》にとびこんできた。

「ねえ、ランス。これ見《み》て！」

アッシュが声《こえ》をあげた瞬間《しゅんかん》、電車《でんしゃ》のドアが閉《し》まり、ランスだけをのせたまま走《はし》り去《さ》ってしまった。

アッシュはチラシをひらひらさせながら、電車《でんしゃ》を追《お》いかけた。

コンテストに出《で》て優勝《ゆうしょう》すれば、十万《じゅうまん》ドルがもらえる！　一流《いちりゅう》のミュージシャンになりたいという、あたしたちの夢《ゆめ》が叶《かな》うかもしれない！　これまであたしたちの音楽《おんがく》をバカにしてた連中《れんちゅう》を、見返《みかえ》してやれるかもしれないんだよ！

隠《かく》れ家《が》のガレージを閉《し》めようとしていたゴリラのジョニーは、外《そと》から舞《ま》いこんできたチラシにふと目《め》をとめた。

なんだって？　歌《うた》のコンテスト？　ジョニーの目《め》が、かがやいた。歌手《かしゅ》になりたいという夢《ゆめ》を持《も》つジョニーにとっては、またとないチャンスだ。

ジョニーはあたりに誰《だれ》もいないことを確《たし》かめてから、チラシをポケットにしまった。特《とく》に父親《ちちおや》のビッグ・ダディに気《き》づかれてはいけない。何《なに》しろ、ビッグ・ダディの夢《ゆめ》は、息子《むすこ》のジョニーを一流《いちりゅう》のギャングにすることなのだから。

「フンフーン♪」

ゾウのミーナが家《いえ》で鼻歌《はなうた》を歌《うた》っていると、「ミーナ！　このチラシを見《み》て！」

母親《ははおや》があわてて、家《いえ》にとびこんできた。歌《うた》のコンテストですって？　ミーナの目《め》がまるくなる。

ああ、出《で》たい！　みんなの前《まえ》で、思《おも》いっきり歌《うた》ってみたい！　でも……わたしに歌《うた》えるかしら？　また失敗《しっぱい》したら……。ミーナの心《こころ》は揺《ゆ》れた。

ハツカネズミのマイクは、公園《こうえん》でサックスを吹《ふ》いていた。そのかたわらを、イヌの修道《しゅうどう》女《じょ》がチラシを読《よ》みながら、通《とお》りすぎていく。

歌《うた》のコンテスト？　関係《かんけい》ないわ。修道女《しゅうどうじょ》はチラシをポイッと放《ほう》った。そのチラシが、マイクの顔《かお》に貼《は》りついた。

「ちょっとちょっと、どこに捨《す》ててんだよ！」

マイクは怒《おこ》って、チラシを地面《じめん》に投《な》げすてた。が、その中身《なかみ》を見《み》て、表情《ひょうじょう》が変《か》わった。

おいおい、まるでおれ様《さま》のためのコンテストじゃないか。この美声《びせい》をみんなに聞《き》かせるチャンスだ。

マイクは、いつまでもケチなストリート・ミュージシャンでいるつもりはなかった。いつかは大《おお》きなステージに立《た》ち、喝采《かっさい》を浴《あ》びてみせる。十万《じゅうまん》ドルは、おれ様《さま》のものだ。

マイクは意気込《いきご》んだ。

ブタのロジータは、窓《まど》から舞《ま》いこんできたチラシを手《て》に取《と》った。

「なんですって？　歌《うた》のコンテスト？」

願《ねが》ってもないチャンスだわ！　大好《だいす》きな歌《うた》で勝負《しょうぶ》できる！　この平凡《へいぼん》で退屈《たいくつ》な日常《にちじょう》から抜《ぬ》けだせるかもしれない。家事《かじ》で疲《つか》れていたロジータの顔《かお》が、ぱっと明《あか》るくなった。

# 8

ジリリリ！　目覚《めざ》まし時計《どけい》のベルが鳴《な》った。うーん。ムニャムニャ。バスターは手《て》を伸《の》ばして、ベルを止《と》めた。歯《は》を磨《みが》き、鏡《かがみ》に向《む》かってニッと笑《わら》った。さあ、今日《きょう》の始《はじ》まりだ。

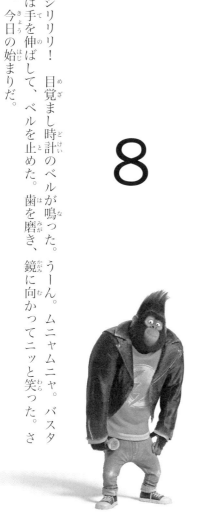

いつものスーツを着《き》て、オフィスのデスクの引《ひ》き出《だ》しからあらわれた。引《ひ》き出《だ》しの中《なか》が、バスターの住《す》まいなのだ。

秘書《ひしょ》のミス・クローリーが、バスターを待《ま》ちうけていた。

「おはようございます、ムーンさん」

「ああ、おはよう。ミス・クローリー。元気《げんき》かい？」

「コーヒーをお持《も》ちしました」

バスターはカップを受《う》けとった。が、中《なか》はからっぽだ。

「中身《なかみ》は？」

「それが……」

ミス・クローリーはいいにくそうに、身《み》をよじった。

「階段《かいだん》をのぼる途中《とちゅう》で、ちょっとのどがかわいてしまって」

つまり、ミス・クローリーが飲《の》んでしまったということだ。気《き》まずい沈黙《ちんもく》を破《やぶ》るように、ミス・クローリーはあわてていいそえた。

「そうそう、そろそろドアをあけましょうか？」

「ドア？」

バスターは首《くび》をかしげた。なんか用《よう》があったっけ？

「オーディションを受《う》けに、たくさんの参加者《さんかしゃ》たちが押《お》しかけています」

「ほんと？」

バスターは信《しん》じられずに、窓《まど》から外《そと》を見《み》た。たしかに、オーディション参加者《さんかしゃ》の長《なが》い列《れつ》が、どこまでも続《つづ》いている。劇場《げきじょう》の前《まえ》どころか、通《とお》りの端《はし》まで動物《どうぶつ》で埋《う》めつくされている。

昨日《きのう》のチラシの効果《こうか》が、もうあらわれたなんて！　縁起《えんぎ》がいいぞ！　やっぱり、この企《き》画《かく》は大当《おおあ》たりだ。

「こりゃ、たいへんだ！」

バスターはさっそくエディに電話《でんわ》をかけた。ヒツジのエディは親友《しんゆう》であると同時《どうじ》に、大《だい》事《じ》なスポンサーの息子《むすこ》でもある。

昨日《きのう》コンテストの企画《きかく》を打《う》ち明《あ》けたとき、エディにはけなされたが、とんでもない。この動物《どうぶつ》たちの長《なが》い列《れつ》をエディに見《み》せてやりたくてたまらなかった。バスターは、意気揚々《いきようよう》と電話《でんわ》をかけた。

「ほんとだってば、エディ。冗談《じょうだん》なんかじゃない。いいから、こっちにきて、自分《じぶん》の目《め》で確《たし》かめてみろよ。じゃあな」

電話《でんわ》を切《き》ると、バスターはトカゲのミス・クローリーに向《む》きなおった。

「よーし、ミス・クローリー。そのウロコだらけの尻尾《しっぽ》で、ドアをあけてくれ。バーンと威勢《いせい》よくね！」

バスターは声《こえ》をはずませた。

「いいですか、みなさん。入場《にゅうじょう》は、一度《いちど》にひと組《くみ》ずつですよ。おちついてくださいね」

ミス・クローリーはメガホンで、玄関前《げんかんまえ》の参加者《さんかしゃ》たちに呼《よ》びかけた。会場内《かいじょうない》はすでに、動物《どうぶつ》でいっぱいだ。劇場《げきじょう》の外《そと》にも、まだ長《なが》い列《れつ》が続《つづ》いている。どの顔《かお》にも、なんともいえない緊張感《きんちょうかん》がただよっている。

劇場《げきじょう》の外《そと》では、イヌのリポーターが中継《ちゅうけい》をしていた。

〈オーディションに集《あつ》まったみなさんに話《はなし》を聞《き》いてみましょう〉

リポーターは、参加者《さんかしゃ》のひとり、カバにマイクを向《む》けた。

〈わたしは有名《ゆうめい》な製薬会社《せいやくがいしゃ》の検査技師《けんさぎし》だが、持《も》って生《う》まれた才能《さいのう》がある。それは歌《うた》うことだ！〉


「じゃあね、行《い》ってらっしゃい！　イギー、ペリー、カーラ、ゲイル、ローリー、ミッキー、モー、ネルソン、ハンナ、テス、キャスパー」

ブタのロジータは子《こ》どもたちを送《おく》り出《だ》すと、もう一度《いちど》チラシに目《め》をやった。自分《じぶん》みたいな平凡《へいぼん》な主婦《しゅふ》が出《で》ていいのか、昨夜《ゆうべ》から悩《なや》んでいたのだが、心《こころ》が決《き》まった。急《いそ》いで出《で》かけるしたくをした。今日《きょう》はわたしにとって、運命《うんめい》の日《ひ》。胸《むね》がドキドキする。

「父《とう》さん、ちょっと出《で》かけてくる」

ゴリラのジョニーは、父親《ちちおや》に声《こえ》をかけた。行《ゆ》き先《さき》はもちろん、歌《うた》のオーディション会場《かいじょう》だ。

「いいけど、遅《おく》れるなよ。仲間《なかま》がくるからな」

サンドバッグをたたいていたビッグ・ダディが、返事《へんじ》をした。ジョニーはスケートボードにのって、走《はし》りだした。

# 9

オーディションが始《はじ》まった。
トップバッターはエビのトリオで、水槽《すいそう》からジャンプしながら歌《うた》った。元気《げんき》があっていいぞ。客席《きゃくせき》で審査《しんさ》をしているバスターは、横《よこ》にいるミス・クローリーと顔《かお》を見合《みあ》わせ、にっこり笑《わら》った。

次《つぎ》は金《きん》ぴかのスーツ姿《すがた》のブタで、レディー・ガガの歌《うた》を踊《おど》りながら熱唱《ねっしょう》した。ダンスが得意《とくい》らしく、クルクルと回転《かいてん》も見事《みごと》だ。

続《つづ》いて登場《とうじょう》したのは三人組《さんにんぐみ》のカエルたちだ。リードボーカルの両脇《りょうわき》で、残《のこ》るふたりがとびはねている。

子《こ》グマの女《おんな》の子《こ》たち五人組《ごにんぐみ》は、アイドルっぽく元気《げんき》いっぱいに歌《うた》とダンスを披露《ひろう》した。

続《つづ》いて指《ゆび》でカウントをとりながら、アカペラで歌《うた》うカメのグループ。キーボードで弾《ひ》き語《がた》りをするカバ。うしろ姿《すがた》でお尻《しり》を振《ふ》り振《ふ》り歌《うた》うウサギたち。

参加者《さんかしゃ》たちは次々《つぎつぎ》に、張《は》りきって歌《うた》った。こんなにスターになりたい者《もの》たちが多《おお》いなんて。バスターは真剣《しんけん》に審査《しんさ》した。

やがて、ヤマアラシのランスとアッシュの番《ばん》がきた。アッシュのシャウトする声《こえ》に、バスターの毛《け》が思《おも》わず逆立《さかだ》った。この女《おんな》の子《こ》、イケるな。

続《つづ》いて登場《とうじょう》したのはアルパカで、椅子《いす》にすわってギターをかき鳴《な》らし歌《うた》おうとしたが、ギターのチューニングが合《あ》っていないのか、なかなか歌《うた》いだせない。バスターは顔《かお》をしかめた。

その頃《ころ》、ハツカネズミのマイクは、劇場《げきじょう》の前《まえ》でテレビ局《きょく》の取材《しゅざい》を受《う》けていた。

〈オーディションにくるやつらはビビッて、こういうはずだ。『勝《か》つことじゃなくて、参《さん》加《か》することに意義《いぎ》がある』とな。でも、おれはちがう。勝《か》ちにきたんだ。賞金《しょうきん》はおれのも

んだ！〉

オーディションはまだまだ続《つづ》いている。ワニのラップ。カンガルーの母親《ははおや》は、お腹《なか》のポケットから子《こ》どもを出《だ》して、歌《うた》わせた。天井《てんじょう》から糸《いと》にぶら下《さ》がりながら歌《うた》うクモのグループ。マイクロフォンの上《うえ》にしがみついて歌《うた》うカタツムリ。キリンは首《くび》が長《なが》すぎてマイクが遠《とお》かったが、豊《ゆた》かな声量《せいりょう》で堂々《どうどう》と歌《うた》いあげた。

なかなかいけるぞ。バスターはにっこりした。

やがてジョニーの番《ばん》がきた。

ゴリラか……。きっと大《おお》きな声《こえ》でがなり立《た》てるんだろうな。そう思《おも》ったバスターだが——。最初《さいしょ》の一小節《いっしょうせつ》を耳《みみ》にしたとたん、身《み》をのりだした。

なんてやさしい歌声《うたごえ》なんだろう。心《こころ》に訴《うった》えかけてくる。ジョニーが歌《うた》いおわった瞬間《しゅんかん》、バスターは拍手《はくしゅ》をしていた。

「ありがとう、ジョニー」

よし！　ジョニーはそっとガッツポーズをした。手《て》ごたえ充分《じゅうぶん》だ。

「はい、次《つぎ》は……ミーナ!!」

ミス・クローリーがメガホンで告《つ》げた。

「頑張《がんば》れよ」

ジョニーはすれちがいざま、ミーナに声《こえ》をかけた。

青《あお》いパーカーをはおったミーナは、マイクの前《まえ》に立《た》った。脚《あし》がふるえてくる。

「行《い》くわよ、ミーナ。大丈夫《だいじょうぶ》。あなたならできる。必《かなら》ずできるから」

そう自分《じぶん》にいいきかせながら、ステージに出《で》た。が、緊張《きんちょう》のあまり、マイクを倒《たお》してしまった。

「す、すみません」

「大丈夫《だいじょうぶ》、気《き》にしないで」

バスターがやさしく声《こえ》をかけた。やがて音楽《おんがく》が流《なが》れてきた。

「えー、あのー」

ミーナは歌《うた》おうとするのだが、思《おも》うように声《こえ》が出《で》ない。

「もう一回《いっかい》やりなおすかい？」

バスターがもう一度《いちど》声《こえ》をかけたそのとき、舞台袖《ぶたいそで》から白《しろ》い小《ちい》さな動物《どうぶつ》がしゃしゃり出《で》てきて、ミーナの足《あし》もとで声《こえ》を張《は》りあげた。ハツカネズミのマイクだ。

「はい、そこまで。もう充分《じゅうぶん》だ。さいなら。あんたの用《よう》はすんだ。今度《こんど》はおれ様《さま》の番《ばん》だ。ミュージック、スタート！」

シッシッと追《お》いはらわれ、ミーナはすごすごとステージから下《さ》がった。あーあ、ダメなわたし。またチャンスをつぶしてしまった。家《いえ》で待《ま》っているみんなに、なんていったらいいんだろう？

「よし、スタート！」

マイクは帽子《ぼうし》を手《て》でクルクル回《まわ》し、パッと客席《きゃくせき》に投《な》げた。バスターの頭《あたま》に、すとんと帽《ぼう》子《し》が落《お》ちた。格好《かっこう》だけは一人前《いちにんまえ》だな。そう思《おも》ったバスターだが、目《め》を閉《と》じてムードたっぷりにジャズを歌《うた》うマイクの声《こえ》を聞《き》いた瞬間《しゅんかん》、考《かんが》えが変《か》わった。小《ちい》さな体《からだ》からは想像《そうぞう》できないほど深《ふか》みのある、甘《あま》い歌声《うたごえ》だ。リズム感《かん》も文句《もんく》なし。

バスターもミス・クローリーも、客席《きゃくせき》でノリノリだった。

わたしって、なんて意気地《いくじ》なしなんだろう。ミーナは大《おお》きな体《からだ》をまるめ、劇場《げきじょう》をあとにした。自分《じぶん》に腹《はら》が立《た》って、道《みち》の脇《わき》の木《き》を蹴《け》とばすと、バサッと葉《は》が落《お》ちてきた。それを体《からだ》に浴《あ》びて、ますます惨《みじ》めな気持《きも》ちになってしまった。

ロジータの番《ばん》がきた。いつも家《いえ》では家事《かじ》のついでに踊《おど》りながら歌《うた》うのだが、オーディションとあって緊張《きんちょう》し、マイクを両手《りょうて》で持《も》ってまっすぐ立《た》ったまま歌《うた》った。なんとか歌《うた》いおえたロジータは、ほっと胸《むね》を撫《な》でおろした。

やがて、参加者全員《さんかしゃぜんいん》の歌《うた》が終《お》わった。

「ムーンさん、これでオーディションは終《お》わりですわ」

ミス・クローリーが告《つ》げた。

「よし、みんなをステージに集《あつ》めてくれ」

「みなさーん、ステージに戻《もど》ってください！　合格者《ごうかくしゃ》の発表《はっぴょう》です」

ミス・クローリーがメガホンで呼《よ》びかけると、場内《じょうない》がざわついた。いよいよ、自分《じぶん》の実力《じつりょく》の結果《けっか》がわかるのだ。ドキドキせずにいられようか？

# 10

「さて、グループの参加者《さんかしゃ》から発表《はっぴょう》を始《はじ》めようか」
バスターは、ステージにいるみんなに声《こえ》をかけた。劇場内《げきじょうない》は今《いま》ではしんと静《しず》まりかえっている。どの顔《かお》も、強《こわ》ばっている。心臓《しんぞう》の音《おと》さえ聞《き》こえそうだ。まさに、緊張《きんちょう》の一瞬《いっしゅん》。
クリップボードを手《て》にバスターはステージにあがり、行《い》ったりきたりしながら、参加者《さんかしゃ》たちの顔《かお》を見回《みまわ》した。バスターと目《め》が合《あ》うと、みんな体《からだ》をビクッとさせた。どうか、自分《じぶん》が合格《ごうかく》しますように。

「まずは、きみたち」

と、バスターはカエルのトリオを指《ゆび》さした。

「やったー！」

カエルたちは大喜《おおよろこ》びで、抱《だ》きあった。

「次《つぎ》は……」

バスターは、ヤマアラシのランスとアッシュを見《み》やった。

「女《おんな》の子《こ》はどっち？」

ふたりとも針状《はりじょう》の毛《け》が長《なが》く、ちょっと見《み》ただけでは区別《くべつ》がつかない。

「ハハ、何《なに》それ、ジョーク？」

アッシュが皮肉《ひにく》をいった。

「声《こえ》が大《おお》きすぎるし耳障《みみざわ》りだけど、将来性《しょうらいせい》がある。合格《ごうかく》だ」

「上等《じょうとう》だ、出《で》てやるか」

ランスが、ふてくされて返事《へんじ》をした。

「いいや。合格《ごうかく》は女《おんな》の子《こ》だけだ」

「なんだって？」

ランスとアッシュは同時《どうじ》に叫《さけ》んだ。ふたりとも、呆気《あっけ》にとられている。アッシュはうれしかったが、ランスのことを思《おも》うと心《こころ》から喜《よろこ》べなかった。どうして、あたしだけ？

「グループでの合格者《ごうかくしゃ》は以上《いじょう》だ。みんな、ご苦労様《くろうさま》」

不満《ふまん》の声《こえ》がわきあがった。そんな、せっかく頑張《がんば》ったのに。

「みんな、がっかりしないでくれ」

バスターは不合格者《ふごうかくしゃ》たちに声《こえ》をかけた。

「本番《ほんばん》のショーのチケットを一割引《いちわりび》きにするから」

「そりゃ、どうも」

と、ヤギが皮肉《ひにく》をいった。

「あ〜あ、受《う》かると思《おも》ったのにな」

みな口々《くちぐち》にいいながら、肩《かた》を落《お》として劇場《げきじょう》から出《で》ていった。

「ほれ、行《い》くぞ。アッシュ」

ランスが不満顔《ふまんがお》でうながした。が、アッシュはまだ合格《ごうかく》が信《しん》じられず、ぼうっとしている。

「アッシュ？」

「え？　ああ……行《い》こう」

ハッと我《われ》にかえったアッシュは、急《いそ》いでランスのあとを追《お》いかけた。

「次《つぎ》はソロ部門《ぶもん》の出場者《しゅつじょうしゃ》たちだ。前《まえ》に出《で》て」

バスターが声《こえ》を張《は》りあげた。

みんな、ごくりと唾《つば》をのんだ。

「ジョニー、マイク、ピート、リチャード、ダニエル、レイ」

参加者《さんかしゃ》の顔《かお》を見《み》たあと、バスターは合格者《ごうかくしゃ》に声《こえ》をかけた。

「マイク！　本戦《ほんせん》のショーも頼《たの》むよ」

「そうまでいわれたら、出《で》るしかないな」

マイクは胸《むね》を張《は》った。選《えら》ばれて当然《とうぜん》、といった顔《かお》だ。

「次《つぎ》はピート」

ラクダのピートがガッツポーズをした。

「その次《つぎ》は……」

プー。おならの音《おと》が響《ひび》いた。

「おっと、すまない。悪《わる》い、悪《わる》い。どうしちまったのかな？」

音《おと》の主《ぬし》、スイギュウのリチャードが謝《あやま》った。

「リチャード、きみは帰《かえ》っていい」

バスターが顔《かお》をしかめて告《つ》げ、クリップボードでにおいを払《はら》った。ガックリして退場《たいじょう》しようと一歩《いっぽ》踏《ふ》み出《だ》した瞬間《しゅんかん》、

「ぎゃっ！」

カタツムリのレイが悲鳴《ひめい》をあげた。リチャードに踏《ふ》んづけられてしまったのだ。たいへんだ、死《し》なないでくれ。リチャードはレイを拾《ひろ》いあげ、あわてて劇場《げきじょう》から出《で》ていった。そのあいだも、プップッとおならを連発《れんぱつ》しながら。

「その次《つぎ》は……」

バスターは繰《く》り返《かえ》した。ふたたび緊張《きんちょう》が漂《ただよ》う。ジョニーも顔《かお》が強《こわ》ばっている。

「ダニエルだ」

ジョニーは、がっくりとうなだれた。しかしキリンのダニエルは首《くび》が長《なが》すぎて、バスターの声《こえ》が聞《き》こえないようだった。ポカンとしている。

「ダニエル、聞《き》こえないのか？　コンテストに参加《さんか》できるんだよ！」

バスターはいらだった。

「え？　ぼくに何《なに》かいった？」

ダニエルは、相変《あいか》わらずポカンとしたままだ。

「こういったんだ、きみは――もういいよ、気《き》が変《か》わった。ジョニー！」

バスターは、帰《かえ》ろうとしていたジョニーを呼《よ》びとめた。

「戻《もど》ってくれ。ジョニー、きみが合格《ごうかく》だ。ダニエル、帰《かえ》っていいよ」

ジョニーの顔《かお》が、ぱっとかがやいた。やった、コンテストに出《で》られるんだ！

「よし。以上《いじょう》がショーの出場者《しゅつじょうしゃ》だ」

その他《ほか》の参加者《さんかしゃ》たちは、がっくりと首《くび》を垂《た》れた。

「おっと、ちょっと待《ま》ってくれ」

参加者《さんかしゃ》のリストを見《み》ていたバスターは、顔《かお》をあげた。

「ロジータ、ロジータはいるかい？」

わたし？　まさか？　ロジータの胸《むね》が高鳴《たかな》る。

「はい、ここにいます」

ロジータは意気込《いきご》んで、手《て》をあげた。

「ロジータ、きみの声《こえ》は最高《さいこう》だが、なんていうか、退屈《たいくつ》なんだよね」

やっぱりね。ロジータはがっくり肩《かた》を落《お》とした。ふつうの主婦《しゅふ》に歌《うた》のコンテストなんて、無理《むり》だったんだわ。

「だから、どうしたらいいか？」

バスターが続《つづ》けた。

「誰《だれ》かと組《く》めばいい……グンターと！」

グンターは、金《きん》ぴかの衣装《いしょう》で派手《はで》に踊《おど》りながら歌《うた》っていたブタだ。

「おーい、グンター。どこにいる？」

「ここでーす！」

ステージ衣装《いしょう》のまま、グンターが手《て》をあげた。うれしそうに駆《か》けてくると、バスターの上《うえ》をとびこえ、ポーズをとった。

「ハハハ！」

バスターはうれしそうに、大声《おおごえ》で笑《わら》った。

「これでステージが盛《も》りあがるぞ」

「待《ま》って、わたしとこのブ……ブーさんが組《く》むの？」

意外《いがい》な展開《てんかい》に、ロジータは目《め》を白黒《しろくろ》させた。こんな派手《はで》な格好《かっこう》のブタと組《く》むなんて、ムーンさんは何《なに》を考《かんが》えてるのかしら？　でも、せっかくのチャンスだし……。いいわ、懸《か》けてみよう。ロジータは心《こころ》を決《き》めた。

「きみとぼくで組《く》んで、歌《うた》って踊《おど》れば、大《おお》ウケまちがいなしさ！」

グンターはノリノリだった。

「あのコアラったら、見《み》る目《め》がないわね」

カンガルーの母親《ははおや》は、落《お》ちた娘《むすめ》のシェリー・アンをなぐさめた。

「いつかあなたはスターになるっていうのに！」

# 11

ようやくエディが劇場《げきじょう》に駆《か》けつけると、不合格《ふごうかく》となったカバが冷《つめ》たくいった。

「オーディションはもう終《お》わったよ。コンテストの出場者《しゅつじょうしゃ》は決《き》まった」

どうやら、エディをオーディション参加者《さんかしゃ》と思《おも》ったらしい。

それにしても、すごい数《かず》だな。オーディションを受《う》けにきた者《もの》がこんなにいたなんて。

この企画《きかく》も、まんざら捨《す》てたものじゃないかもしれない。もしかしたら、大当《おおあ》たりするかもな……。エディは感心《かんしん》した。

ステージでは、合格者《ごうかくしゃ》たちにバスターが語《かた》っていた。

「いいか？　きみらは少数《しょうすう》の選《えら》ばれし者《もの》たちだ」

「そのとおり！」

マイクが勢《いきお》いよく返事《へんじ》をした。バスターは続《つづ》けた。

「さあ、いよいよだ。人生《じんせい》で最高《さいこう》の瞬間《しゅんかん》が待《ま》っている！」

「おおっ」

みんなのあいだから、思《おも》わず歓声《かんせい》があがった。どの顔《かお》も、期待《きたい》に満《み》ちている。

そのとき、キューティーズというグループが、ステージにあらわれた。不合格《ふごうかく》になった五人組《ごにんぐみ》の子《こ》グマの女《おんな》の子《こ》たちだ。

「ダメだよ。きみたちは落選《らくせん》したんだ。帰《かえ》りなさい」

「ワレワレハ、コノショーニデラレテ、コウエイデス」

リーダー格《かく》の女《おんな》の子《こ》が日本語《にほんご》でいい、全員《ぜんいん》がおじぎをした。

「だめだめ！　きみらは不合格《ふごうかく》なんだ。帰《かえ》りなさい」

バスターが諭《さと》しても、キューティーズは英語《えいご》が通《つう》じないのか、キョトンとした顔《かお》をしている。

「ワレワレハ、アナタノタメニ、ウタイマス」

ふたたびリーダー格《かく》の子《こ》がいい、ラジカセのスイッチを押《お》し、みんなで日本語《にほんご》で歌《うた》いだした。

「キラキラハッピ〜、キラキラハッピ〜♪」

バスターはたまりかねてラジカセを切《き》り、ミス・クローリーを呼《よ》んだ。

「さあさ、みんな。もう帰《かえ》りなさい」

ミス・クローリーに追《お》い立《た》てられるようにして、キューティーズはステージから去《さ》っていった。それと入《い》れちがいに、エディがあらわれた。

ふうっ。面倒《めんどう》な子《こ》たちだったな。バスターはハンカチで、額《ひたい》の汗《あせ》をぬぐった。と、そのとき、マイクが疑《うたが》わしげにいった。

「なあ、ムーン。賞金《しょうきん》はこのトランクに入《はい》ってるのかい？」

鎖《くさり》でしばられた大《おお》きなトランクの上《うえ》に立《た》ち、マイクが尋《たず》ねた。

「賞金《しょうきん》？　ああ、その中《なか》にある」

「あけて見《み》せてくれないか？　十万《じゅうまん》ドルを拝《おが》みたいんだ」

マイクがいうと、ほかの合格者《ごうかくしゃ》たちもバスターを囲《かこ》んだ。

「おれもだ！　見《み》せてくれよ、ムーンさん」

「そうよ、十万《じゅうまん》ドルを見《み》たいわ」

「ああ、いいとも」

気軽《きがる》にトランクをあけようとしたバスターの手《て》が、ふと止《と》まった。

「待《ま》て、今《いま》、なんていった？」

「十万《じゅうまん》ドルだそうだ」

エディがチラシをひらひらさせながら、声《こえ》をかけた。バスターはそのチラシをひったくった。まちがいない。たしかに〝十万《じゅうまん》ドル〟と印刷《いんさつ》されている。

「ひっ」

バスターは悲鳴《ひめい》をあげそうになり、あわてて手《て》で口《くち》をおさえた。十万《じゅうまん》ドル？　どこにそんな金《かね》がある？

そうか、オーディションの参加者《さんかしゃ》がやけに多《おお》いと思《おも》ったら、十万《じゅうまん》ドル目当《めあ》てだったのか。

こいつは困《こま》ったぞ。とりあえず、この場《ば》は逃《に》げるしかないだろう。

バスターは咳払《せきばら》いをした。

「あ～……すまん。トランクをあける鍵《かぎ》を忘《わす》れた。コアラ、すぐ戻《もど》る」

みんなをその場《ば》に残《のこ》し、バスターはさっと駆《か》けだした。

# 12

「もう泣《な》かないで、ミス・クローリー。きみをクビになんか、しないから」

オフィスで、バスターは必死《ひっし》に秘書《ひしょ》のミス・クローリーをなだめていた。自分《じぶん》のミスでチラシに賞金《しょうきん》が十万《じゅうまん》ドルと載《の》ってしまったと知《し》り、ミス・クローリーはさっきから、オンオンと泣《な》いている。

ああ、わたしのせいでムーンさんが困《こま》ったことになった。こんなことじゃ、秘書失格《ひしょしっかく》だわ。これまでムーンさんの右腕《みぎうで》として、立派《りっぱ》に仕事《しごと》をしてきたつもりだったのに。

「さあ、しゃんとして。鼻《はな》でもかんで……」

ブビ〜〜〜！　ミス・クローリーは手《て》にしたハンカチで、派手《はで》な音《おと》を立《た》て、鼻《はな》をかんだ。

「いや、ここじゃなくて、かむならあっちで」

ミス・クローリーは、しょんぼりと自分《じぶん》のオフィスに戻《もど》っていった。

バスターのオフィスで一部始終《いちぶしじゅう》を見《み》ていたエディがいった。

「しかたないだろ、バスター。ミス・クローリーは二百歳《にひゃくさい》なんだから、そりゃ、ミスもするさ」

バスターはすがるような目《め》で、エディを見《み》た。こうなったら、エディに頼《たの》むしかない。なんといっても、金持《かねも》ちの御曹司《おんぞうし》なんだから。

「なあ、頼《たの》む。親《おや》に金《かね》を借《か》りてくれないか？」

と、切《き》りだした。今《いま》のバスターには、これしか方法《ほうほう》を思《おも》いつかなかった。

「十万《じゅうまん》ドルを？　バスター、冗談《じょうだん》いうなよ」

エディは話《はなし》にならないといった顔《かお》で、両手《りょうて》を振《ふ》った。

ああ、やっぱりダメか。バスターは頭《あたま》をかかえた。

「考《かんが》えろ、バスター。考《かんが》えるんだ」

バスターはひとりごとをつぶやきながら、オフィスを歩《ある》きまわった。

「どうしたらいい？　みんなに正直《しょうじき》に打《う》ち明《あ》けるか？　千《せん》ドルのまちがいだったって？

いや、だめだ。そんなことといったら、みんな『だったらおりる』っていいだしかねない。

そうなったら、ショーどころじゃないぞ」

そんなバスターを見《み》かねて、エディが口《くち》にした。

「おい、考《かんが》えるのはやめて、次《つぎ》の手《て》を打《う》つときじゃないか？」

次《つぎ》の手《て》だって？　バスターはエディを見《み》た。けれど親友《しんゆう》の口《くち》から出《で》たのは、思《おも》ってもみないことばだった。

「この劇場《げきじょう》を売《う》れば、それなりの金《かね》になる。それを元手《もとで》に、ふたりで何《なに》かしないか？」

「何《なに》をする？　ソファに座《すわ》って、テレビゲームでもするのか？」

バスターは、エディをにらみつけた。劇場《げきじょう》を売《う》る？　冗談《じょうだん》じゃない！　ここにはぼくの夢《ゆめ》がつまっている。この劇場《げきじょう》はぼくの魂《たましい》なんだ！

「エディ、あれが何《なに》かわかるか？」

バスターは、ふたつ並《なら》んでいるバケツを指《ゆび》さした。ひとつには、天井《てんじょう》から漏《も》ってくる雨《あま》水《みず》がたまっている。

「バケツ？」

「ああ、なんでぼくがあのバケツを持《も》ってると思《おも》う？」

「雨漏《あまも》りするから？」

「ちがう。雨漏《あまも》り用《よう》は、あっちだ」

バスターはもうひとつのバケツを手《て》に取《と》った。

「このバケツはぼくの父《とう》さんの形見《かたみ》なんだ」

バスターはバケツを両手《りょうて》で持《も》ち、じっと見《み》つめた。そのバケツには、特別《とくべつ》の思《おも》い入《い》れがあるようだ。

「父《とう》さんは三十年間《さんじゅうねんかん》、毎日《まいにち》、毛《け》がはげるほど人様《ひとさま》の車《くるま》を磨《みが》き続《つづ》けた。ぼくがこの劇場《げきじょう》を買《か》えるようにと。毎日《まいにち》だぞ、エディ。ぼくのために……」

いつしかバスターの目《め》に、うっすら涙《なみだ》がにじんでいる。劇場《げきじょう》をオープンしたときの思《おも》い出《で》がよみがえる。テープカットをするバスターの横《よこ》に父親《ちちおや》もいた。自分《じぶん》のことのように喜《よろこ》んでくれていたっけ。

「いい親父《おやじ》さんだったんだな」

エディはしみじみといい、ため息《いき》をついた。この劇場《げきじょう》に対《たい》するバスターの思《おも》いはわかるが、今《いま》は感傷的《かんしょうてき》になっている場合《ばあい》ではない。一《いち》か八《ばち》かの勝負《しょうぶ》に出《で》た歌《うた》のコンテストが、ピンチにさしかかっているのだ。

エディは尋《たず》ねた。

「で、どうする気《き》だ、バスター?」

それがわからないから、困《こま》ってるんだ!

バスターが大《おお》きなため息《いき》をついていると、内線電話《ないせんでんわ》が鳴《な》り、ミス・クローリーの声《こえ》がスピーカーフォンから響《ひび》いた。

「ムーンさん。銀行《ぎんこう》のジュディスさんから、二番《にばん》に電話《でんわ》が入《はい》ってますけど」

あーあ、また取《と》り立《た》ての電話《でんわ》か。バスターは、もう一度《いちど》ため息《いき》をついた。

これ以上《いじょう》、銀行《ぎんこう》から金《かね》は借《か》りられないし、頼《たの》みの綱《つな》のエディには断《ことわ》られたし……。十万《じゅうまん》ドルなんて、どう逆立《さかだ》ちしたって無理《むり》に決《き》まってる。でも、賞金《しょうきん》がたった千《せん》ドルだとわかったら、コンテストの参加者《さんかしゃ》たちは、出場《しゅつじょう》しないっていうだろうし……。

バスターは何度目《なんどめ》かのため息《いき》をついた。

「とにかく、今《いま》やれることをするしかない!」

# 13

バン！　バスターが劇場《げきじょう》のドアを勢《いきお》いよくあけた。ステージに残《のこ》っていた合格者《ごうかくしゃ》たちが、いっせいにそちらを見《み》る。

「オーケイ。みんな聞《き》いてくれ」

なんだろう？　みんなは、耳《みみ》を澄《す》ました。グンターが指《ゆび》を口《くち》の前《まえ》に当《あ》て、シーッといって周囲《しゅうい》を静《しず》かにさせている。

「今日《きょう》はもうおしまいだ。解散《かいさん》しよう」

もうおしまい？　なんで？　合格者《ごうかくしゃ》たちは呆気《あっけ》にとられた。まだこれから本選《ほんせん》のショーに向《む》けて何《なに》か準備《じゅんび》があると思《おも》って、やる気満々《きまんまん》だったのに。

「帰《かえ》るんですか？」

ロジータとグンターが、聞《き》いた。

「ああ。ぼくの父《とう》さんがよくいってた。『明日《あした》ベストを尽《つ》くすには、ぐっすり眠《ねむ》るにかぎる』ってね」

アッチャー。劇場《げきじょう》の入《い》り口《ぐち》で聞《き》いていたエディは、頭《あたま》をかかえた。いかにもバスターの考《かんが》えそうなことだ。要《よう》するに、時間稼《じかんかせ》ぎをするってわけか。明日《あした》になっても解決策《かいけつさく》が見《み》つかるわけじゃないのに。

「というわけで、明日《あした》の朝一番《あさいちばん》からリハーサルをおこなう。もしきみらがスターになりたいなら、そして十万《じゅうまん》ドルを勝《か》ち取《と》りたいなら、これまで経験《けいけん》したことのない厳《きび》しい練習《れんしゅう》をこなさないといけない。そのためにも、ぐっすり眠《ねむ》ってでっかい夢《ゆめ》を見《み》てくれ！」

みんなの顔《かお》が、興奮《こうふん》で赤《あか》く染《そ》まった。コンテストを勝《か》ち抜《ぬ》いて、十万《じゅうまん》ドルを手《て》にする！それは自分《じぶん》だ。やってやるぞ！　夢《ゆめ》を現実《げんじつ》にしてやる！

そこにキューティーズがまたステージにあらわれ、ラジカセのスイッチを押《お》し、歌《うた》いだした。

「キラキラハッピ〜、キラキラハッピ〜♪」

またか。懲《こ》りないやつらだな。

「ミス・クローリー！」

バスターが困《こま》り果《は》てた顔《かお》で、秘書《ひしょ》を呼《よ》んだ。

「ほらほら舞台《ぶたい》からおりて。あなたたちの出番《でばん》はないの。さよなら」

ミス・クローリーは、たくみにキューティーズを追《お》いはらった。

みんなが去《さ》ったあと、エディがあきれた様子《ようす》で首《くび》を振《ふ》った。

「でっかい夢《ゆめ》だって？」

「いいこといったろ？」

バスターは得意《とくい》げだった。

「十万《じゅうまん》ドルの件《けん》は、どうするんだ？」

エディは眉間《みけん》にしわを寄《よ》せていたが、バスターは明《あか》るく答《こた》えた。

「大丈夫《だいじょうぶ》だって、エディ。なんとか方法《ほうほう》があるはずだ」

そのお気楽《きらく》な返事《へんじ》に、エディはむっとした。

「方法《ほうほう》って、どんな？　おいバスター、聞《き》けよ」

こっちは本気《ほんき》で心配《しんぱい》してやってるのに！　どうやったら、そうおちついていられるんだ？　頭《あたま》に花《はな》でも咲《さ》いてるのか？

「こんなショーで、劇場《げきじょう》が救《すく》えるわけない。きみは今《いま》、どん底《ぞこ》にいるんだぞ！」

「わかってるさ。けど、どん底《ぞこ》にいたら、どうする？」

親友《しんゆう》の説得《せっとく》にも、バスターは耳《みみ》を貸《か》さなかった。セットの三日月《みかづき》にのり、スイッチを入《い》れた。三日月《みかづき》はどんどん上昇《じょうしょう》していく。

「あとは上《うえ》にあがるだけだ。それしかないだろ？」

バスターの声《こえ》が、ステージに響《ひび》いた。

劇場《げきじょう》の玄関前《げんかんまえ》で、イヌのリポーターが実況《じっきょう》をしていた。

〈こちらがオーディションに合格《ごうかく》した幸運《こううん》なみなさんです。では、マイクをスタジオにお返《かえ》しいたします〉


「ほら、もう泣《な》かないで、ミーナ」

ミーナの家《いえ》では、キッチンで母親《ははおや》がミーナをなぐさめていた。

ミーナは情《なさ》けなかった。きちんと歌《うた》ってオーディションに落《お》ちたのならまだしも、緊張《きんちょう》のあまり、ろくに声《こえ》も出《だ》せなかった。なんて、ダメなわたし……せっかくのチャンスだったのに。

「一度《いちど》落《お》ちたくらいで、そんなに泣《な》かないで。またチャンスはあるわ」

「よせ！〝次《つぎ》〟はない！」

おじいさんがキッチンのドアからあらわれ、口《くち》をはさんだ。

「お父《とう》さん、余計《よけい》なこといわないで」

母親《ははおや》が、おじいさんを止《と》めた。ただでさえ落《お》ちこんでいるミーナに、これ以上《いじょう》ひどいことをいわれたくなかった。けれどおじいさんは、きっぱりいった。

「ミーナ、コンテストに出《で》たくないのか？」

「そりゃ出《で》たいわ、おじいちゃん。でも、わたし失敗《しっぱい》しちゃったの。緊張《きんちょう》で歌《うた》えなかったのよ」

鼻《はな》をすすりながら、ミーナはやっとの思《おも》いで答《こた》えた。

「だったら明日《あした》、劇場《げきじょう》に戻《もど》れ。そして、こういうんだ。『ムーンさん、もう一度《いちど》オーディションを受《う》けさせてください』とな」

もう一度《いちど》劇場《げきじょう》に？　ミーナは目《め》をパチクリさせた。

「自信《じしん》をもて！　ガッツがあるとこを見《み》せてやれ！」

おじいさんは、力強《ちからづよ》く拳《こぶし》を振《ふ》りあげた。

「わかったか、ミーナ？」

ミーナは涙《なみだ》を拭《ふ》きながら、うなずいた。おじいちゃんのいうとおりだわ。このまま終《お》わったら、一生後悔《いっしょうこうかい》することになる。とにかく、歌《うた》を聞《き》いてほしい。明日《あした》、劇場《げきじょう》にいってみよう！

# 14

アッシュのアパートでは、ランスがふてくされてソファに寝《ね》ころび、ギターを弾《ひ》いていた。自分《じぶん》だけオーディションに落《お》ちたことで、頭《あたま》にきているのだ。まったく、あのコアラのやつ、見《み》る目《め》がないったらありゃしない。

「おれは金《かね》で魂《たましい》は売《う》らない。誰《だれ》にも〜♪」

ソファには、破《やぶ》られたチラシの破片《はへん》が散《ち》らばっている。

アッシュはいたたまれない気分《きぶん》だった。ランスの気持《きも》ちもわかるが、ずっとこんな態度《たいど》でいられては、ふたりの仲《なか》が気《き》まずくなるばかりだ。

「ランス、もうよして。ふたりのためになることなんだよ」

「へえ、そうかい？」

ランスは鼻《はな》で笑《わら》った。

「もし賞金《しょうきん》をもらえたら、あたしたちのレコーディング・スタジオを建《た》てられる。自分《じぶん》たちの会社《かいしゃ》をつくれるんだ。そしたら世界《せかい》じゅうの人《ひと》に、あんたの歌《うた》を聞《き》いてもらえる」

ランスはそれでも耳《みみ》を貸《か》そうとせず、ギターをつまびいて歌《うた》った。

「うるせえ女《おんな》だ。魂《たましい》を売《う》りわたしたくせに〜♪」

まったく、もう！　アッシュはいらだちで頭《あたま》が爆発《ばくはつ》しそうだった。


街角《まちかど》でサックスを吹《ふ》いていたマイクは、顔《かお》なじみのナンシーを見《み》つけた。ツンとすました美人《びじん》のネズミだ。グッドタイミング！　こりゃ、デートに誘《さそ》わない手《て》はないぞ。

マイクはサックスを吹《ふ》きながらナンシーに近《ちか》づき、クラブに向《む》かった。


クラブの前《まえ》は、ごった返《がえ》していた。顔《かお》なじみの客《きゃく》たちが、吸《す》いこまれるように店内《てんない》に入《はい》っていく。浮《う》き浮《う》きした足《あし》どりで。

「よーし、今夜《こんや》は踊《おど》りまくるぞ」

「あたしも今夜《こんや》のために、ドレスを買《か》っちゃった」

「よう、久《ひさ》しぶり！」

「イエーイ、元気《げんき》だった？」

顔見知《かおみし》りらしい客《きゃく》たちが、次々《つぎつぎ》と挨拶《あいさつ》を交《か》わしている。

マイクはサックスを吹《ふ》きながら、ナンシーとクラブに入《はい》ろうとした。ナンシーはすたすたと歩《ある》いていったが、マイクだけが用心棒《ようじんぼう》のゴリラに足《あし》で止《と》められた。こうした店《みせ》は、常連客《じょうれんきゃく》やお金持《かねも》ちは顔《かお》パスで入《はい》れるが、そうでない客《きゃく》には冷《つめ》たい。

ナンシーは振《ふ》り向《む》いたが、マイクが止《と》められたのを見《み》ると、そのままクラブに入《はい》っていった。クラブに入《い》れてもらえない男《おとこ》なんか、興味《きょうみ》ないわ。

「支配人《しはいにん》のデレクを呼《よ》んでくれ。おれの友人《ダチ》だ」

マイクは、むっとした顔《かお》で告《つ》げた。が、用心棒《ようじんぼう》は首《くび》を振《ふ》るばかりだ。

そこへ、クマのグループがあらわれた。

「よう、マリオ」

ボスらしきクマが、用心棒《ようじんぼう》に声《こえ》をかける。マリオと呼《よ》ばれた用心棒《ようじんぼう》は無言《むごん》で、クマたちを中《なか》に通《とお》した。マイクの脇《わき》を、クマのグループが陽気《ようき》に通《とお》りすぎていく。

「なんだよ、クマはいいのかよ」

マイクの顔《かお》の前《まえ》で、乱暴《らんぼう》に店《みせ》のドアが閉《と》じられた。

クソッ！　ネズミをバカにしやがって！　マイクは腹立《はらだ》ちまぎれに、大《おお》きな音《おと》でサックスを吹《ふ》いた。

おれはただのハツカネズミじゃない。コンテストを勝《か》ちぬいて、十万《じゅうまん》ドルを手《て》に入《い》れ、金持《かねも》ちになる運命《うんめい》だっていうのに。今《いま》に見《み》てろよ。一流《いちりゅう》のスターになって、見返《みかえ》してやる。

胸《むね》を張《は》って、堂々《どうどう》とクラブに入《はい》ってみせる。そのときがくるのが待《ま》ちどおしかった。

ジョニーが隠《かく》れ家《が》のガレージをあけると、父親《ちちおや》のビッグ・ダディが出迎《でむか》えた。

「よう、帰《かえ》ってきたか」

やけに上機嫌《じょうきげん》だ。何《なに》かでっかい仕事《しごと》の話《はなし》でも舞《ま》いこんできたのかな？　そう思《おも》いながら、ジョニーは中《なか》に入《はい》った。ガレージにはすでに、ビッグ・ダディの手下《てした》たちが集《あつ》まっていた。

「こいよ、ジョニー。おまえがおったまげるような話《はなし》があるんだ」

「なんだい、父《とう》さん？」

「息子《むすこ》に教《おし》えてやれ」

「へい、ボス」

ビッグ・ダディにうながされ、手下《てした》のスタンが返事《へんじ》をした。みんなの前《まえ》には、地図《ちず》が広《ひろ》げられている。

「話《はなし》はこうだ。二千五百万《にせんごひゃくまん》ドルの金塊《きんかい》を積《つ》んだ船《ふね》がきて、夜《よる》はここに停泊《ていはく》する」

スタンはそういって、小《ちい》さな船《ふね》の模型《もけい》を動《うご》かした。

「警備員《けいびいん》がいるのは、ここと、ここ」

スタンはチェスの駒《こま》のようなものを二《に》か所《しょ》に置《お》いた。

「けど運《うん》のいいことに、ここにマンホールがある。そこから下水道《げすいどう》に逃《に》げるんだ。逃走用《とうそうよう》の車《くるま》はここで待機《たいき》することになる」

スタンは今度《こんど》はトラックの模型《もけい》を動《うご》かした。そこで、ビッグ・ダディがジョニーに顔《かお》を向《む》けた。

「今回《こんかい》、逃走用《とうそうよう》の車《くるま》の運転《うんてん》はおまえにまかせる、ジョニー」

ビッグ・ダディは、うれしそうにジョニーの肩《かた》を抱《だ》いた。

「え？　おれが運転《うんてん》するの？」

ジョニーはびっくりした。これまでそんな大《おお》きな役《やく》をつとめたことはない。逃走用《とうそうよう》の車《くるま》の運転《うんてん》なんて……ちょっとでもタイミングがくるったら、警察《けいさつ》に捕《つか》まってしまう。

「そうだ。そろそろおまえにもデカい仕事《しごと》をまかせてもいい頃《ころ》だ」

ビッグ・ダディは、きっぱりと告《つ》げた。

「待《ま》ってよ、父《とう》さん。運転手《うんてんしゅ》はバリーの仕事《しごと》じゃなかった？」

「バリーは気《き》にしねえよ。だろ？」

「へい、大丈夫《だいじょうぶ》です」

と、バリーは答《こた》えた。ビッグ・ダディに盾突《たてつ》く勇気《ゆうき》のある者《もの》など、この中《なか》にいるはずがない。

「そうとも」

ビッグ・ダディは満足《まんぞく》そうにうなずいた。

「ところで、その船《ふね》はいつ着《つ》くの？」

ジョニーはスタンに尋《たず》ねた。

「それがまだ、わからねえんだ」

「きっとしばらくこないよね？」

せっかく大役《たいやく》をまかされたのに、ジョニーは消極的《しょうきょくてき》だった。歌《うた》のコンテストのことが、頭《あたま》にあるからだ。コンテストと重《かさ》なったら、どうしよう？　それが気《き》がかりだった。

そんなジョニーを、父《ちち》のビッグ・ダディはいぶかしげに見《み》た。自分《じぶん》と同《おな》じようにジョニーも興奮《こうふん》すると思《おも》ったのに、やけに冷静《れいせい》でいるのが不満《ふまん》だった。こりゃ、ギャングのボスの二代目《にだいめ》として、もっと教育《きょういく》が必要《ひつよう》だな。

「何《なに》を気《き》にしてる？　おれたちの最後《さいご》のヤマだぞ。船《ふね》がきたら、やるだけだ。だろ？」

「そうだね。待《ま》ちきれないよ」

気《き》のりのしない声《こえ》でジョニーは答《こた》え、みんなの輪《わ》から離《はな》れた。

もし父《とう》さんがコンテストのことを知《し》ったら、なんというだろう？　応援《おうえん》してくれるかな？　いや、頭《あたま》ごなしに怒鳴《どな》りつけるに決《き》まってる。なんたって、おれは二代目《にだいめ》のボスになる運命《うんめい》なんだから。

あーあ、ギャングの息子《むすこ》なんかじゃなくて、ふつうのゴリラの息子《むすこ》として生《う》まれていたら、こんなに悩《なや》まなくてもよかったのに。

ジョニーはため息《いき》をついた。

# 15

「あーもしもし、広告《こうこく》を見《み》たんですけど」

ロジータは電話《でんわ》で話《はな》している。周囲《しゅうい》では、二十五人《にじゅうごにん》の子《こ》どもたちがワイワイ騒《さわ》いでいる。夜《よる》の歯磨《はみが》きの真《ま》っ最中《さいちゅう》だ。磨《みが》きおえた子《こ》から、次々《つぎつぎ》にロジータのもとに駆《か》けより、おやすみの挨拶《あいさつ》をしている。

「ええ、子守《こもり》が必要《ひつよう》なの。ほんの数週間《すうしゅうかん》なんだけど。え？　やってくださる？　よかった！」

思《おも》わず、声《こえ》が弾《はず》んだ。

「子《こ》どもたち？　ええ、とってもいい子《こ》ばかりよ。二十五人《にじゅうごにん》いるけど。いいえ、冗談《じょうだん》でいってるんじゃないわ。ほんとに、いい子《こ》ぞろいなの。あ、ちょっと待《ま》って」

ガチャン。電話《でんわ》は切《き》られてしまった。ロジータは、がっくりうなだれた。コンテストにそなえて子《こ》どもたちの面倒《めんどう》を見《み》てくれる人《ひと》を探《さが》そうと思《おも》ったのだが、二十五人《にじゅうごにん》いると聞《き》くと、みんな受話器《じゅわき》を置《お》いてしまう。

あーあ、どうしたらいいかしら？　掃除《そうじ》や洗濯《せんたく》、食事《しょくじ》のしたく、子《こ》どもたちの世話《せわ》だけで手《て》いっぱいなのに、コンテストの練習《れんしゅう》までこなさないといけないなんて。

やっぱり、わたしみたいな平凡《へいぼん》な主婦《しゅふ》が歌手《かしゅ》になろうなんて、無理《むり》だったのかも……。

いいえ、そんなことない。主婦《しゅふ》だって、夢《ゆめ》を見《み》ていいはず。

何《なに》かいい方法《ほうほう》を考《かんが》えないと。いい方法《ほうほう》を……。

やがて、夫《おっと》のノーマンがいつものように疲《つか》れた顔《かお》で帰《かえ》ってきた。

「お帰《かえ》りなさい、ノーマン。会議《かいぎ》はどうだった？」

ノーマンは無言《むごん》だった。そのしぶい顔《かお》を見《み》れば、答《こた》えは聞《き》かなくてもわかる。

「……うまくいかなかったのね」

こんなときにコンテストのことを打《う》ち明《あ》けていいのか迷《まよ》ったが、ロジータは思《おも》いきって口《くち》を開《ひら》いた。

「ねえ、ノーマン。びっくりするようなニュースがあるのよ！」

「きみのパイは最高《さいこう》だ」

ノーマンはパイののった皿《さら》を手《て》に、居間《いま》に向《む》かった。ロジータの声《こえ》も耳《みみ》に入《はい》らない様子《ようす》だ。かまわず、ロジータは続《つづ》けた。

「急《きゅう》で悪《わる》いんだけど、明日《あした》、子《こ》どもたちの世話《せわ》をお願《ねが》いできないかしら？　信《しん》じられないかもしれないけど、実《じつ》は今日《きょう》わたし……」

そこでロジータは、ハッと気《き》づいた。ノーマンはソファでいびきをかいて、寝《ね》ているではないか。それもパイの皿《さら》を腹《はら》にのせたまま……。

ロジータはため息《いき》をついた。バスターの声《こえ》が耳《みみ》によみがえる。

『リハーサルは明日《あした》の朝一番《あさいちばん》から始《はじ》める』

『今夜《こんや》はぐっすり眠《ねむ》って、でっかい夢《ゆめ》を見《み》てくれ！』

『夢《ゆめ》を！　夢《ゆめ》を！』

そうよ、夢《ゆめ》をあきらめちゃ、だめ。頑張《がんば》るのよ、ロジータ！　きっと何《なに》かいい方法《ほうほう》があるはず。

そうだ！　ロジータの頭《あたま》にある考《かんが》えがひらめいた。

その晩《ばん》、ロジータは電動《でんどう》ドリルと工具箱《こうぐばこ》を手《て》に、家《いえ》の中《なか》をあっちに行《い》ったりこっちに行《い》ったりしながら、ひそかにあるしかけをつくった。

翌朝《よくあさ》、朝一番《あさいちばん》からリハーサルに出《で》るため、ロジータは早《はや》くに家《いえ》を出《で》た。

ジリジリ！　子《こ》ども部屋《べや》の窓際《まどぎわ》で、目覚《めざ》まし時計《どけい》のベルが鳴《な》った。と同時《どうじ》に、時計《とけい》がすとんと落《お》ち、時計《とけい》とワイヤーでつないである窓《まど》のカーテンが、さっとあいた。

『おはようみんな、朝食《ちょうしょく》の前《まえ》にちゃんと着替《きが》えてね』

録音《ろくおん》したロジータの声《こえ》が、スピーカーから流《なが》れた。タイマーでセットしてあったのだ。

キッチンに入《はい》った子《こ》どもたちは、目《め》をまるくした。お皿《さら》が回《まわ》ってる！

キッチンの天井《てんじょう》から紐《ひも》が大《おお》きな輪《わ》になって吊《つ》るされ、そこに皿《さら》がずらりとぶら下《さ》がっていて、ぐるぐる回転《かいてん》しているのだ。皿《さら》が一枚《いちまい》ずつテーブルにおろされると、ロボットのアームが朝食《ちょうしょく》のシリアルの箱《はこ》を振《ふ》って中身《なかみ》を皿《さら》にあけ、さらに別《べつ》のアームがミルクを注《つ》いでいく。

子《こ》どもたちはこの新《あたら》しいしかけに大喜《おおよろこ》びで、むしゃむしゃ朝食《ちょうしょく》をたいらげた。

「ロジータ、車《くるま》のキーを見《み》なかったかい？」

いつものように、あくびまじりでノーマンがキッチンにあらわれた。

『キーはあなたの上着《うわぎ》のポケットの中《なか》よ』

と、これも録音《ろくおん》したロジータの声《こえ》がスピーカーから流《なが》れる。

「あ、あった。じゃあ、行《い》ってきます」

『行《い》ってらっしゃい！』

ノーマンが出《で》ていくと、ふたたびロジータの声《こえ》が響《ひび》いた。

『さあ、学校《がっこう》に行《い》く時間《じかん》よ』

そうだ、いけない！　子《こ》どもたちは、あわてて子《こ》ども部屋《べや》に戻《もど》った。風車《ふうしゃ》のようなしかけがあり、それが回転《かいてん》して次々《つぎつぎ》に子《こ》どもたちにリュックを渡《わた》す。

『行《い》ってらっしゃい！　イギー、ペリー、カーラ、ゲイル、ローリー、ミッキー、モー、ネルソン、ハンナ、テス、ケリー、ジョージ、アンディ、フレディ、キャスパー』

録音《ろくおん》してあるロジータの声《こえ》が、学校《がっこう》に行《い》くみんなを送《おく》り出《だ》した。子《こ》どもたちが部屋《へや》を出《で》ていくと、ワイヤーでしかけがしてあるドアの鍵《かぎ》がカチャリとかかった。

ロジータの作戦《さくせん》、大成功《だいせいこう》だ。

# 16

劇場《げきじょう》の玄関《げんかん》には、〝リハーサル中《ちゅう》につき、閉館《へいかん》します〟という貼《は》り紙《がみ》がしてあった。いよいよ、今日《きょう》からレッスンが始《はじ》まるのだ。

「このコンテストは戦争《せんそう》だ！」

劇場内《げきじょうない》からは、バスターの声《こえ》が響《ひび》いてくる。

「ステージは戦場《せんじょう》だ！　きみらの声《こえ》は武器《ぶき》だ！」

バスターはうしろで手《て》を組《く》んで、ステージを行《い》ったりきたりしながら、オーディションの合格者《ごうかくしゃ》たちを見《み》わたした。全員《ぜんいん》、緊張《きんちょう》した顔《かお》をしている。

「いいか、観客《かんきゃく》の心《こころ》をつかむチャンスは一回《いっかい》だけしかない」

一回《いっかい》だけ……そのことばが、みんなの心《こころ》に突《つ》き刺《さ》さる。その一回《いっかい》のチャンスをものにしなければならないのだ。

「きみらのために曲《きょく》を選《えら》んでおいたから、そのリストの中《なか》から慎重《しんちょう》に自分《じぶん》に合《あ》う歌《うた》を決《き》めてくれ」

ミス・クローリーがプリントアウトしたリストを、みんなに配《くば》った。どんな歌《うた》なんだろう？　出場者《しゅつじょうしゃ》たちは、ドキドキしながらリストに目《め》を通《とお》した。

赤《あか》いタータンチェックのスカートをはいたアッシュは、ひとりぽつんと立《た》っていた。結《けっ》局《きょく》、ランスとは仲直《なかなお》りできないままだった。今朝《けさ》もリハーサルに出《で》かけるアッシュに、ランスは声《こえ》もかけなかった。

賞金《しょうきん》が手《て》に入《はい》れば、自分《じぶん》たちのスタジオを建《た》てられる。これはランスのためでもあるんだから。アッシュは、そう自分《じぶん》にいいきかせていた。

「あの彼氏《かれし》を説得《せっとく》できたようだね」

バスターに声《こえ》をかけられ、アッシュはむっとした顔《かお》で答《こた》えた。

「ランスはアーティストよ。でも、あんたにわかってもらおうなんて、思《おも》わない」

「そう。ぼくには彼《かれ》の才能《さいのう》がまったくわからない」

バスターは舞台袖《ぶたいそで》に向《む》かった。出場者《しゅつじょうしゃ》たちが、そのあとをついていく。

「リストには、衣装《いしょう》とパフォーマンスの提案《ていあん》も書《か》いてある。オーケイ？　ミス・クローリーにリハーサル用《よう》の場所《ばしょ》に案内《あんない》してもらってくれ。さあ、始《はじ》めてくれ！」

「あの……ムーンさん」

ジョニーが、おずおずと声《こえ》をかけた。リストに、思《おも》いもかけないことが書《か》いてあったからだ。

バスターの横《よこ》を歩《ある》きながら、ジョニーは納得《なっとく》がいかないといった顔《かお》で続《つづ》けた。

「どういうわけか、おれがピアノを弾《ひ》くことになってるんですけど？」

「ああ、考《かんが》えてみろ」

バスターは足《あし》を止《と》めずに、答《こた》えた。

「きみみたいにいかつい大男《おおおとこ》がやさしくピアノを奏《かな》でて、魂《たましい》の底《そこ》から歌《うた》いあげたら、客《きゃく》は感動《かんどう》で胸《むね》がふるえるだろ？」

「ピアノなんて、子《こ》どもの頃《ころ》に弾《ひ》いたきりなんですけど」

ジョニーは自信《じしん》がなかった。たしかにピアノの弾《ひ》き語《がた》りはウケそうだけど、できるかな？　ピアノをトチッたら台《だい》なしじゃないか。そもそも、歌《うた》だけだって、緊張《きんちょう》するっていうのに。

けれど、バスターはどうしてもジョニーにピアノを弾《ひ》かせるつもりらしい。

「大丈夫《だいじょうぶ》。ミス・クローリーがピアノを教《おし》えてくれるから」

「かしこまりました。ジョニー、上《うえ》に行《い》ってて。すぐに行《い》くから」

ミス・クローリーはコーヒーの入《はい》ったカップをバスターにさしだした。それを受《う》け取《と》り、バスターはラクダのピートに声《こえ》をかけた。

「ピート、きみの練習室《れんしゅうしつ》はそのスタジオだ」

「わかりました、ムーンさん」

おや？　喧嘩《けんか》をする声《こえ》がするぞ。バスターはすっとんでいった。カエルの三人組《さんにんぐみ》のハウイーとリッキーが、スタジオの一室《いっしつ》でいい合《あ》いをしている。どうやら、どちらがリストを先《さき》に見《み》るかで争《あらそ》っているらしい。

「おれが先《さき》だよ」

「おい、こっちによこせ」

「なんだよ、自分勝手《じぶんかって》なやつ！」

見《み》るに見《み》かねて、バスターはハウイーとリッキーのあいだに割《わ》って入《はい》った。

「おいおい、仲間内《なかまうち》で争《あらそ》うな。おちつけよ」

「文句《もんく》なら、リッキーにいってくれ。こいつが先《さき》に喧嘩《けんか》を始《はじ》めたんだから」

ハウイーがいうと、リッキーも負《ま》けていない。

「そのとおり！　このバンドはおれが始《はじ》めた。だからおれのバンドだ、ハウイー」

「それはそれは。失礼《しつれい》いたしました、陛下《へいか》」

ハウイーがバカにした調子《ちょうし》で、頭《あたま》を下《さ》げた。三人組《さんにんぐみ》の残《のこ》るひとり、カイがふたりをなだめた。

「いい加減《かげん》にしろよ、ふたりとも！」

けれどハウイーとリッキーは頭《あたま》に血《ち》がのぼったままで、今《いま》にも殴《なぐ》り合《あ》いが始《はじ》まりそうな雰囲気《ふんいき》だ。と、そのとき、スタジオの外《そと》から日本語《にほんご》の歌《うた》が聞《き》こえた。

「キラキラハッピ〜、キラキラハッピ〜♪」

キューティーズだ。なんて、しつこいやつらなんだろう。スタジオの窓辺《まどべ》にとんでいき、バスターは声《こえ》を荒《あら》らげた。

「とっとと、出《で》ていけ！」

バスターは次《つぎ》に、険悪《けんあく》なムードのハウイーとリッキーに声《こえ》をかけた。

「いいから、おちつこう。さあ、歌《うた》を選《えら》んで」

バスターがスタジオを出《で》ても、まだいい争《あらそ》う声《こえ》が聞《き》こえている。

リハーサルはしょっぱなから荒《あ》れ模様《もよう》だ。ふうっ、これからどうなることやら。バスターはため息《いき》をついた。

# 17

別《べつ》のスタジオでは、ロジータがグンターに話《はな》しかけていた。

「優勝《ゆうしょう》を目指《めざ》すなら歌《うた》はわたしにまかせて、あなたはダンスに専念《せんねん》したほうがいいんじゃない？」

歌《うた》なら多少《たしょう》の自信《じしん》はあるが、ダンスなんか踊《おど》ったことがない。派手《はで》なことが苦手《にがて》なロジータは、なんとかしてダンスを避《さ》けようとしていた。その点《てん》グンターなら、レディー・ガガのものまねができるくらいだから、ダンスは得意《とくい》だろう。

「冗談《じょうだん》だろ？」

グンターは準備運動《じゅんびうんどう》をしながら、鼻《はな》で笑《わら》った。

「あんたに必要《ひつよう》なのは、ダンスの特訓《とっくん》だ。ほれ、ウォーム・アップを始《はじ》めよう。とっととと服《ふく》を脱《ぬ》いで！」

ロジータはたじろいだ。わたしが……ダンスも踊《おど》る？　子どものお遊戯《ゆうぎ》じゃあるまいし……。ロジータのためらいを無視《むし》し、グンターはやる気満々《きまんまん》で服《ふく》を脱《ぬ》ぎはじめた。

ちょっと、こんなところで脱《ぬ》がないで。見《み》ていられなくて、ロジータは顔《かお》をそむけた。

グンターは赤《あか》いラメのレオタード姿《すがた》になると、ラジカセのスイッチを入《い》れ、ウォーミングアップを始《はじ》めた。

「心配《しんぱい》しないで。あんたの分《ぶん》もあるから」

グンターが手《て》にした衣装《いしょう》を見《み》て、ロジータは目《め》をまるくした。肌《はだ》が透《す》けて見《み》えそうな、スケスケのレオタードだ。

「その衣装《いしょう》を着《き》るの？　それ、肌出《はだだ》しすぎじゃない！」

いくら舞台《ぶたい》の衣装《いしょう》だって、二十五人《にじゅうごにん》の子持《こも》ちの主婦《しゅふ》が着《き》る服《ふく》じゃないわ。ご近所《きんじょ》の方《かた》に見《み》られたら、なんていわれるか。

ドアのすきまからマイクが顔《かお》を出《だ》し、いらだたしげにいった。

「そこのブータン。ちょっと静《しず》かにしてくれないか？」

「おっと、こりゃ失礼《しつれい》」

グンターが謝《あやま》った。

「ねえ、ムーンさん。このリスト、まちがってるんじゃない？」

舞台袖《ぶたいそで》で、アッシュが口《くち》をとがらせた。

「こんな安《やす》っぽいポップスは、あたしのスタイルじゃない」

「スタイル！」

バスターは目《め》をかがやかせ、衣装棚《いしょうだな》をあさった。

「そうだ、スタイルは大事《だいじ》だ。この衣装《いしょう》なんかどう？」

さしだされた服《ふく》を見《み》て、アッシュは目《め》をぐるりと回《まわ》した。ピンクのレオタード？　このあたしが？　冗談《じょうだん》じゃない。

「きみにぴったりの色《いろ》だと思《おも》わないかい？」

「ほんと、素敵《すてき》。目《め》が腐《くさ》りそう。ねえ、黒《くろ》い衣装《いしょう》はないの？」

「黒《くろ》だって？」

今度《こんど》はバスターが口《くち》をとがらせた。

「葬式《そうしき》に行《い》くと思《おも》われたいのか？　まさかね。じゃ、これはどう？　ポップスターのプリンセスには、ぴったりだ！」

バスターは、ひらひらのフリルがついた衣装《いしょう》を棚《たな》から取《と》りだした。

なんてひどいセンス！　アッシュがそう思《おも》った瞬間《しゅんかん》、ふっと劇場《げきじょう》の電気《でんき》が消《き》えた。

「何《なに》があったの？」

ロジータが声《こえ》を張《は》りあげた。

「これも演出《えんしゅつ》なんじゃない？」

グンターは気《き》にしていない様子《ようす》だが、出場者《しゅつじょうしゃ》たちはざわめきだした。バスターはあわてて、みんなをなだめた。

「みんな、おちついて！　心配《しんぱい》ないから！」

「どういうことだ？」

と、マイク。

「ミス・クローリー、何《なに》がどうしたんだ？」

バスターに尋《たず》ねられ、秘書《ひしょ》は平然《へいぜん》と答《こた》えた。

「最後《さいご》に電気代《でんきだい》を払《はら》ったのはいつです、ムーンさん？」

つまり、電気《でんき》を止《と》められたということだ。

「ちぇっ、なんだってこんなときに。勘弁《かんべん》してくれよ」

バスターは毒《どく》づいた。

「みんな、ぼくがどうにかする。だから、暗《くら》いけどリハーサルを続《つづ》けてくれ」

「どうすればいいの？」

アッシュは不平《ふへい》を口《くち》にした。

「何《なに》も見《み》えないわ」

ロジータは不安《ふあん》そうだった。横《よこ》からグンターが陽気《ようき》にいった。

「ロジータ、心配《しんぱい》いらない。ほら、ペンライトがあるから」

「さすがだ、グンター！」

バスターは、ほっとした声《こえ》を出《だ》した。

「この暗《くら》さなら、緊張《きんちょう》も吹《ふ》っとぶだろう？　すぐ戻《もど》るから」

「おい、冗談《じょうだん》じゃないよ」

マイクがむっとしていった。気分《きぶん》を変《か》えるように、ミス・クローリーがわざと陽気《ようき》な声《こえ》をあげた。

「さあ、聞《き》こえたでしょ？　スタジオに戻《もど》りましょう！　リハーサル開始《かいし》よ！」

# 18

とにかく電気《でんき》をつけなくっちゃ！
バスターはオフィスに駆《か》けもどって電気《でんき》コードを手《て》にすると、窓《まど》をあけて外壁《がいへき》のでっぱ

りにおりた。そこをカニのように横歩《よこある》きしながら隣《となり》のビルに近《ちか》づいていった。が、途中《とちゅう》で、でっぱりの一部《いちぶ》が崩《くず》れ、危《あや》うく地面《じめん》に落《お》ちるところだった。建物《たてもの》が古《ふる》いせいだ。

「そのうち直《なお》してやるからな」

バスターは建物《たてもの》に告《つ》げた。劇場《げきじょう》のあちこちが傷《いた》んでいるが、直《なお》そうにも資金《しきん》がない。今度《こんど》のショーが大当《おおあ》たりしたら、まずは劇場《げきじょう》の修理《しゅうり》からだな。

でっぱりの端《はし》まで行《い》くと、そこから隣《となり》のビルにとびうつろうとした。が、

「ひゃあ！」

途中《とちゅう》で落《お》ちてしまった。墜落《ついらく》する！　覚悟《かくご》を決《き》めた瞬間《しゅんかん》、バスターは逆《さか》さまの姿勢《しせい》で宙《ちゅう》づりになっていた。足首《あしくび》に電気《でんき》コードがからみついている。先《さき》ほど崩《くず》れた部分《ぶぶん》に運《うん》よく電《でん》気《き》コードが引《ひ》っかかり、そのおかげで地面《じめん》に落《お》ちないですんだのだ。

そこに通《とお》りかかったのが、ミーナだ。バスターのために焼《や》いたケーキの箱《はこ》を持《も》って歩《ある》いていたミーナは、突然《とつぜん》バスターが降《ふ》ってきて、びっくり仰天《ぎょうてん》した。

「ム、ムーンさん？」

ミーナは呆気《あっけ》にとられた。なんでムーンさんが逆《さか》さまになって、ぶら下《さ》がっているの？　けれど、すぐに思《おも》いなおした。これは神様《かみさま》がくださったチャンスにちがいない！　もう一度《いちど》オーディションを受《う》けられないか、お願《ねが》いしてみよう。

「覚《おぼ》えてらっしゃらないでしょうが、わたし昨日《きのう》のオーディションを受《う》けたんです」

バスターはミーナを見《み》て、目《め》をかがやかせた。覚《おぼ》えていてくれたのね！　ミーナの胸《むね》は弾《はず》んだ。が、バスターの口《くち》から出《で》たのは、意外《いがい》なことばだった。

「きみ、あの隣《となり》のビルの看板《かんばん》に、ぼくをのっけてくれない？」

「……あのネオンのところですか？」

ミーナはわけがわからないまま、バスターをのせた鼻《はな》を高《たか》くのばした。隣《となり》のビルの看板《かんばん》に届《とど》いた。バスターは礼《れい》をいった。

「ありがとさん。さすがゾウだね。すごい鼻《はな》だ。助《たす》かったよ」

バスターは隣《となり》の看板《かんばん》のネオンのコンセントを抜《ぬ》き、自分《じぶん》が持《も》ってきたコンセントを差《さ》しこもうとした。隣《となり》のビルの電源《でんげん》を借《か》りようというのだ。

「あの、ムーンさん。わたし、ミーナっていいます。あなたのためにケーキを焼《や》いてきたんです。もう一度《いちど》チャンスをもらえないかと思《おも》って……」

「ちょっと待《ま》ってくれる？」

バスターは必死《ひっし》に電気《でんき》コードを引《ひ》っぱっている。どこかでひっかかっているらしく、長《なが》さが足《た》りない。くそっ！　バスターはぐいっと思《おも》いきりコードを引《ひ》いた。……もう少《すこ》し……やっと届《とど》いた！　バスターは、コンセントを差《さ》しこんだ。

パッ！　劇場《げきじょう》の電気《でんき》がついた。出場者《しゅつじょうしゃ》たちは、ほっとして胸《むね》を撫《な》でおろした。やれやれ。

# 19

バスターは劇場《げきじょう》に戻《もど》った。そのあとを、ケーキの箱《はこ》をかかえたまま、ミーナもついていく。なんとしても、もう一度《いちど》オーディションをやりなおしてもらいたくて、必死《ひっし》なのだ。

舞台袖《ぶたいそで》で、バスターはもう一度《いちど》ミーナに頼《たの》んだ。

「頭上《ずじょう》に注意《ちゅうい》して。背景《はいけい》のレバーをおろしてくれる？」

「これですか？」

「そう、それ」

ミーナが鼻《はな》でレバーをおろすと、バスターの背後《はいご》の幕《まく》がするするとあがり、背景《はいけい》があらわれた。

「すばらしい」

バスターは背景《はいけい》に見入《みい》った。

「次《つぎ》は、客席《きゃくせき》の電気《でんき》をつけて」

今度《こんど》もいわれたとおりに、鼻《はな》でレバーをおろした。パッと客席《きゃくせき》の電気《でんき》がついた。ミーナはステージに行《い》き、バスターの横《よこ》に立《た》った。華《はな》やかになった場内《じょうない》を見《み》て、ミーナの目《め》がまるくなる。客席《きゃくせき》の椅子《いす》が、かがやいて見《み》える。

「すごい」

ごくりと唾《つば》をのんだ。劇場《げきじょう》って、なんて素敵《すてき》なのかしら。まさに、夢《ゆめ》の場所《ばしょ》だわ。ああ、こんなところで歌《うた》ってみたい！

うっとりと客席《きゃくせき》に見《み》とれているミーナを横目《よこめ》で見《み》て、バスターはいった。

「な、きれいだろう？」

そこでバスターは、何《なに》かを思《おも》いついたようだった。

「そうだ！　きみもショーに参加《さんか》しないか？」

わたしがショーに？　ミーナは耳《みみ》を疑《うたが》った。

「ほんとに？　そのことをお願《ねが》いしようと思《おも》ってきたんです」

ミーナは有頂天《うちょうてん》になった。やった！　ショーに出《で》られる！　おじいちゃんのいうこと、聞《き》いてよかった！

「だったら決《き》まりだ。舞台係《ぶたいがかり》を頼《たの》むよ」

バスターは両手《りょうて》をパンと打《う》ちあわせた。

え？　裏方《うらかた》の仕事《しごと》？　歌《うた》うんじゃなくて？　ミーナの希望《きぼう》は、たちまちシューッとしぼんでいった。

「心配《しんぱい》しなくていい。すぐ覚《おぼ》えられるから。ぼくのいうとおりにすればいい。さあ、こっちにきて」


ミーナはとぼとぼ、バスターのあとをついていった。ショーに参加《さんか》できても裏方《うらかた》だなんて。おじいちゃんやママに、なんていったらいいんだろう？　みんながっかりするだろうな。せっかく勇気《ゆうき》をふりしぼって、きたのに。


「ここはリハーサル用《よう》のスタジオと楽屋《がくや》。上《うえ》にあるのは作業場《さぎょうば》とオフィスだ」

ガラス張《ば》りのスタジオがいくつもあり、そのうちのひとつでは、グンターがロジータのダンスの特訓中《とっくんちゅう》だった。

「アップ、ダウン！　爪先《つまさき》タッチ！」

ロジータは汗《あせ》だらけでフウフウいいながら、ストレッチをしている。

別《べつ》のスタジオでは、ラクダのピートが発声練習《はっせいれんしゅう》をしている。ほかの出演者《しゅつえんしゃ》たちも、それぞれの場所《ばしょ》でレッスン中《ちゅう》だ。カエルのトリオはダンス、アッシュはギターを弾《ひ》いている。

「すごいわ！」

思《おも》わずミーナは口《くち》にした。みんなが真剣《しんけん》に練習《れんしゅう》に取《と》りくんでいるのを見《み》て、思《おも》わず胸《むね》が熱《あつ》くなったのだ。ああ、わたしもあの中《なか》に入《はい》れたら……。

「すごいって？」

階段《かいだん》にいたマイクが、ミーナのことばを聞《き》いて鼻《はな》で笑《わら》った。

「その〝すごい〟ってのは、〝ひどい〟って意味《いみ》だろ？　おれだって、我慢《がまん》してるんだ。才能《さいのう》のあるやつなんて、ひとりもいない。ひとりも、な。つまり、賞金《しょうきん》はおれ様《さま》がいただいたようなもんだ」

リハーサルが終《お》わると、マイクはまっすぐ銀行《ぎんこう》に向《む》かった。頭《あたま》の中《なか》は、賞金《しょうきん》の十万《じゅうまん》ドルでいっぱいだった。

「近《ちか》いうちに、かなりの大金《たいきん》が手《て》に入《はい》る予定《よてい》なんだ」

ウシの支店長相手《してんちょうあいて》に、マイクは胸《むね》を張《は》った。

「はっきりいうと、十万《じゅうまん》ドルだ」

支店長《してんちょう》は目《め》をまるくした。

「十万《じゅうまん》ドルですって？　でしたら、当銀行《とうぎんこう》のプラチナ・カードを持《も》たれてはいかがです？」

やったぜ！　ゴールドより上《うえ》のプラチナ・カードだ！　これさえありゃ、怖《こわ》いもんなしだ。マイクは鼻息《はないき》が荒《あら》くなった。

カードで赤《あか》いオープンカーを買《か》ったマイクは、歩道《ほどう》を歩《ある》いているハツカネズミの美女《びじょ》に気《き》づいた。このあいだ、クラブに入《はい》りそこなったときに見《み》かけたナンシーだ。

プップー、クラクションを鳴《な》らすと、美女《びじょ》が振《ふ》り向《む》いた。まあ、素敵《すてき》！　車《くるま》を見《み》て、ナンシーの目《め》がかがやく。

キキーッ。クラブの前《まえ》に、マイクはさっそうと車《くるま》を停《と》めた。かっこいい車《くるま》！　クラブの玄関前《げんかんまえ》にたむろしていた動物《どうぶつ》たちは、車《くるま》をおりてきたマイクとナンシーを見《み》て、うらやましそうな顔《かお》になった。

ナンシーと腕《うで》を組《く》んで歩《ある》きながら、マイクはゴリラの用心棒《ようじんぼう》に声《こえ》をかけた。

「よう、また会《あ》ったな」

用心棒《ようじんぼう》はサングラスをずりあげ、しげしげと車《くるま》を見《み》つめた。

今度《こんど》はすんなり、クラブに入《い》れてもらえた。ヤッホー、金《かね》の力《ちから》は偉大《いだい》だ。なんたって、十万《じゅうまん》ドルだからな。マイクはまだ手《て》にしてもいない賞金《しょうきん》の使《つか》い道《みち》をあれこれ考《かんが》え、期待《きたい》に胸《むね》をおどらせた。

# 20

アッシュはアパートに戻《もど》ると、バスターから勧《すす》められた歌《うた》のリストをランスに見《み》せた。

「ケッ、ダサい歌《うた》ばっかり」

ランスがせせら笑《わら》った。

「でしょ？　自分《じぶん》でつくったほうがマシだよね？」

「待《ま》った、自分《じぶん》でつくるって？」

隣《となり》の部屋《へや》に行《い》きかけていたランスが、振《ふ》り返《かえ》った。

「うん」

「賞金《しょうきん》を手《て》に入《い》れたいなら、コアラのいうとおりにしろ」

ランスのことばに、アッシュはむっとした。

「なんで？　あたしには歌《うた》がつくれないっていいたいの？」

「ちがう。おれがいいたいのは、歌《うた》ってのはそう簡単《かんたん》につくれるもんじゃないってことだ。まあ、おれなら楽勝《らくしょう》だけどな。おまえには無理《むり》だ」

アッシュは黙《だま》りこんだ。どうしてランスは、いつもあたしを見下《みくだ》したようないい方《かた》をするんだろう？　オーディションに受《う》かったのは、あたしよ！　そういいたかったが、我慢《がまん》した。

きっとランスは、自分《じぶん》だけ落《お》とされたことが面白《おもしろ》くないんだ。だから、あたしに八《や》つ当《あ》たりしてるんだ。そう思《おも》うことで、こらえることにした。

バスをおりると、ミーナはヘッドフォンをつけたまま家《いえ》に向《む》かった。

家《いえ》に近《ちか》づくにつれ、話《はな》し声《ごえ》が聞《き》こえてきた。なんだか、家《いえ》の前《まえ》がやけににぎやかだ。ご近所《きんじょ》さんたちがたくさん集《あつ》まっているらしい。プラカードまである。嫌《いや》な予感《よかん》がする。もしや、オーディションのことがみんなに知《し》られたのでは？

ミーナの姿《すがた》が見《み》えたとたん、おばあさんが声《こえ》を張《は》りあげた。

「帰《かえ》ってきたわ。みんな静《しず》かに！」

一瞬《いっしゅん》、周囲《しゅうい》が静《しず》まりかえった。みんなの期待《きたい》に満《み》ちた視線《しせん》を一身《いっしん》に浴《あ》び、ミーナはその場《ば》から逃《に》げだしたくなった。

「ミーナ、どうだった？　ショーに出《で》られることになったか？」

おじいさんが鼻息《はないき》も荒《あら》く尋《たず》ねた。ミーナにはつらい質問《しつもん》だ。なんて答《こた》えたらいい？　歌《か》手《しゅ》として出《で》るのではなく、裏方《うらかた》だなんていったら、どんな反応《はんのう》をされるだろう？　がっかりされるだろうな。でも……。

ミーナはことばを濁《にご》した。

「うーん。まあ、参加《さんか》することはできたけど……」

ヤッホー！　どっと歓声《かんせい》がわきあがった。

「やったわね、ミーナ！　ママの自慢《じまん》の娘《むすめ》よ。ああ、涙《なみだ》が出《で》ちゃう」

母親《ははおや》が、ミーナに抱《だ》きついた。

「やったぞ！　わしの誕生日《たんじょうび》の願《ねが》いが叶《かな》ったな！」

おじいさんも大《おお》はしゃぎだ。

「よくやったわ、ミーナ！」

おばあさんも涙《なみだ》ぐんでいる。ご近所《きんじょ》さんたちも拍手喝采《はくしゅかっさい》だ。

「ママ、恥《は》ずかしいわ」

ミーナは顔《かお》を赤《あか》らめた。嫌《いや》な予感《よかん》は当《あ》たった。オーディションのことが、近所《きんじょ》じゅうに知《し》れわたっていたのだ。

「ミーナ、怒《おこ》ってないわよね？」

母親《ははおや》がミーナの目《め》を見《み》つめた。

「おばあちゃんが黙《だま》っていられなくて、オーディションのこと、いいふらしちゃったの」

「ママ、実《じつ》は……」

もう我慢《がまん》できない！　ミーナは母親《ははおや》に、本当《ほんとう》のことを打《う》ち明《あ》けようとした。誤解《ごかい》されたままでいたくなかった。

「シーッ」

母親《ははおや》は、ミーナの唇《くちびる》に指《ゆび》を当《あ》てた。

「声《こえ》は歌《うた》うときのためにとっておきなさい。これからは、うなずくか、首《くび》を振《ふ》るだけでいいわ。わかった？」

ふうっ。ミーナはため息《いき》をついた。やっぱりいえない……。みんながこんなに喜《よろこ》んでいるのに。どうしよう？　どうしたらいい？　悩《なや》みは深《ふか》まるばかりだ。


キキーッ！　ジョニーの運転《うんてん》するトラックが急停止《きゅうていし》した。

「どうだった、父《とう》さん？」

ストップ・ウォッチを手《て》にしたビッグ・ダディは、首《くび》を振《ふ》りながら、運転席《うんてんせき》に近《ちか》づいた。

「だめだ。もっと思《おも》いきってコーナーを攻《せ》めろ」

と、窓越《まどご》しに叱《しか》った。今度《こんど》の仕事《しごと》では、ジョニーが逃走車《とうそうしゃ》を運転《うんてん》するという大役《たいやく》をまかされている。そのために、ビッグ・ダディは息子《むすこ》の特訓《とっくん》をしているのだ。

ジョニーは大事《だいじ》な跡継《あとつ》ぎだ。一日《いちにち》も早《はや》く一人前《いちにんまえ》のギャングになってほしかった。そのために、ついつい口調《くちょう》も厳《きび》しくなる。

「スピードをゆるめるな。それとギアを変《か》えるときは、もっとソフトにやれ。おまえは力《りき》みすぎる……おいおい、ラジオの音《おと》を下《さ》げろ」

ウダウダいわれるのは、うんざりだ！　ジョニーはヤケになって、車《くるま》を急発進《きゅうはっしん》させた。それを見《み》て、ビッグ・ダディの目《め》がまるくなる。まだ注意《ちゅうい》はたくさんあるのに——。

「おいジョニー、父《とう》さんのいうことが聞《き》けないのか！」

運転《うんてん》しながら、ジョニーは父親《ちちおや》にいわれたことを頭《あたま》の中《なか》で繰《く》り返《かえ》した。

『思《おも》いきってコーナーを攻《せ》めろ』

『スピードをゆるめるな』

『ギアを変《か》えるときはソフトに』

よし、ガンガン攻《せ》めてやるぞ！　タイヤをきしませながらコーナーを回《まわ》ったそのとき、前方《ぜんぽう》にビッグ・ダディがいることに、気《き》づいた。

ジョニーは急《きゅう》ブレーキを踏《ふ》んだ。キキーッ。ブレーキの音《おと》が響《ひび》く。

まずい、父《とう》さんをひいちまった！　ああ、どうしよう？

ブルブルふるえていると、突然運転席《とつぜんうんてんせき》の横《よこ》にビッグ・ダディがあらわれた。ピンピンしている。

無事《ぶじ》だったんだ。ああ、よかった。ジョニーは胸《むね》を撫《な》でおろした。

「やればできるじゃないか」

ビッグ・ダディが、満足《まんぞく》そうに笑《わら》った。

# 21

さて、こちらはロジータの家《いえ》。
リハーサルを終《お》えて帰《かえ》ってきたロジータは、そっと玄関《げんかん》のドアをあけた。家《いえ》の中《なか》は、しんとしている。
キッチンをのぞくと、ロジータがつくったしかけがうまく動《うご》いていて、ロボットのアームが皿《さら》をごしごし洗《あら》っている。次《つぎ》に、子《こ》ども部屋《べや》に向《む》かった。みんな、ちゃんと寝《ね》てくれているかしら？
二段《にだん》ベッドがずらりと並《なら》んだ部屋《へや》では、子《こ》どもたちがすやすや眠《ねむ》っている。

『そうして三匹《さんびき》の子《こ》ブタたちは、しあわせにくらしました……おやすみなさい、みんな』

スピーカーから流《なが》れるロジータの声《こえ》を聞《き》きながら、眠《ねむ》りについたらしい。どうやら、留《る》守中何《すちゅうなに》も起《お》こらなかったらしい。ああ、よかった。その気《き》になれば、なんだってできるんだわ。ロジータは安心《あんしん》した。

長《なが》い一日《いちにち》がやっと終《お》わった。寝室《しんしつ》に行《い》ってベッドに入《はい》りながら、ロジータは夫《おっと》のノーマンに声《こえ》をかけた。

「ノーマン、起《お》きてる？」

ウーン、ムニャムニャ。ノーマンはことばにならない声《こえ》を発《はっ》した。

「今日《きょう》はどうだった？」

留守《るす》にしていたことがバレていないか、ロジータはヒヤヒヤしていた。ノーマンがあくびまじりに答《こた》える。

「いつもどおりさ」

「そう？」

ノーマンは何《なに》も気《き》づいていないらしい。ロジータはほっとした。

「家事《かじ》に子《こ》どもの世話《せわ》に、よく頑張《がんば》ってるね。おやすみ」

「おやすみなさい」

ロジータはにっこり笑《わら》った。グンターに特訓《とっくん》されたせいで、体《からだ》のあちこちが痛《いた》い。でもそれは、心地《ここち》よい痛《いた》みだった。目《め》の前《まえ》に別《べつ》の世界《せかい》が開《ひら》けようとしているのだ。明日《あした》も頑張《がんば》らなくっちゃ！　ロジータは胸《むね》に誓《ちか》った。

翌日《よくじつ》。バスターはオフィスで台《だい》にのり、昔《むかし》の写真《しゃしん》を拭《ふ》いていた。劇場《げきじょう》のオープニングの日《ひ》の写真《しゃしん》だ。遠《とお》い記憶《きおく》がよみがえってくる。

『みなさま、ようこそ、このムーン劇場《げきじょう》に！』

劇場《げきじょう》の前《まえ》には、たくさんの客《きゃく》がつめかけていた。バスターは誇《ほこ》らしげにオープニングのテープの前《まえ》に立《た》った。ミス・クローリーと父親《ちちおや》がバスターの両脇《りょうわき》に、うしろにはエディもいる。

テープを切《き》ると、横《よこ》にいる父親《ちちおや》と目《め》が合《あ》い、次《つぎ》の瞬間《しゅんかん》には抱《だ》きあっていた。いつか自分《じぶん》の劇場《げきじょう》を持《も》つという夢《ゆめ》が叶《かな》った、感動《かんどう》の瞬間《しゅんかん》だった……。

「ムーンさん？」

ミス・クローリーの声《こえ》に、バスターは現実《げんじつ》に引《ひ》きもどされた。

「なんだい？」

「銀行《ぎんこう》のジュディスさんが……」

また金《かね》の取《と》り立《た》ての電話《でんわ》か！　バスターはうんざりした。

「明日《あした》かけなおすっていってくれ」

「無理《むり》です」

「なんでだ？」

「もうこちらに、いらしてるんです」

なんだって？　バスターはあせった。オフィスの戸口《とぐち》に、赤《あか》いふちの眼鏡《めがね》をかけたアルパカのジュディスが立《た》っている。

「やあ、ジュディス。こんにちは！」

わざとらしく、陽気《ようき》に声《こえ》を張《は》りあげた。が、ジュディスはよそよそしかった。書類《しょるい》を手《て》に、つかつかとオフィスに入《はい》ってくる。

「銀行《ぎんこう》は慈善事業《じぜんじぎょう》ではありません。月末《げつまつ》までにきっちりお金《かね》を返《かえ》していただけないと……」

「わかってるよ、ジュディス」

バスターは手《て》をあげ、ジュディスのことばをさえぎった。

「金《かね》は月末《げつまつ》までにはきっちり返《かえ》す。今度《こんど》のショーは、これまでで最大《さいだい》のヒット作《さく》になるはずだから」

「ムーンさん、あなたのショーがヒットしたことがありましたっけ？　いいえ、一度《いちど》もありません。とにかく、月末《げつまつ》までにお金《かね》を返《かえ》してください。そうでなければ、この劇場《げきじょう》を差《さ》し押《お》さえます！」

劇場《げきじょう》を差《さ》し押《お》さえる？　冗談《じょうだん》じゃない。この劇場《げきじょう》には、父《とう》さんの夢《ゆめ》もつまっているのに。

「どうするんです、ムーンさん？」

ジュディスが帰《かえ》ったあと、ミス・クローリーが聞《き》いた。正直《しょうじき》、バスターもどうしたらいいか、お手上《てあ》げだった。

# 22

その夜《よる》、バスターの親友《しんゆう》、ヒツジのエディは、自宅《じたく》のプールサイドにいた。羽織《はお》っていたバスローブを脱《ぬ》ぎ、プールにとびこむ。平泳《ひらおよ》ぎで往復《おうふく》して、ふと水《みず》から顔《かお》をあげた。
「ウワッ！」
エディはびっくりして叫《さけ》んだ。
なんと、目《め》の前《まえ》にバスターがいるではないか。プールのふちに腰《こし》かけていて、ジュースを飲《の》んでいる。

「いい水着《みずぎ》だね。似合《にあ》うよ、最高《さいこう》に」

バスターはお世辞《せじ》をいった。こういうときは、要注意《ようちゅうい》だ。しかも、こんな夜《よる》に訪《たず》ねてくるなんて、何《なに》か魂胆《こんたん》があるにちがいない。

エディはきつい口調《くちょう》になった。

「おい、なんの用《よう》だ？」

家《いえ》の中《なか》から、エディの母親《ははおや》の声《こえ》がした。

「エディ、どうかした？」

「なんでもないよ。ママ。泳《およ》いでいるだけ」

エディの両親《りょうしん》にとって、バスターは要注意人物《ようちゅういじんぶつ》だ。これまで劇場《げきじょう》に投資《とうし》してきたが、見返《みかえ》りはまったくなかったのだから。

プールの横《よこ》にある休憩用《きゅうけいよう》の小《ちい》さな離《はな》れに、バスターとエディはいた。ソファでテレビゲームをしながら、バスターは尋《たず》ねた。

「で、きみは今《いま》、このプールハウスで暮《く》らしてるの？」

「ああ、親《おや》はぼくにもっと自立《じりつ》してほしいんだって。そのためのライフコーチまで雇《やと》ったんだぜ」

エディはゲームの合間《あいま》にチップスをつまみながら、ぼやいた。

「ライフコーチだって？」

「そう。ぼくに人生《じんせい》の目標《もくひょう》を持《も》たせるために」

そこでエディは、ため息《いき》をついた。

「ぼくだって目標《もくひょう》はあったんだけどね。でも、もっとちゃんとした目標《もくひょう》を持《も》てっていわれちゃってさ」

と、うんざりしたような口調《くちょう》で続《つづ》けた。

「そのコーチに、予定《よてい》まで決《き》められてるんだ。月曜《げつよう》は資源《しげん》ごみを出《だ》して、火曜《かよう》は芝刈《しばか》り。水曜《すいよう》はおばあちゃんに会《あ》う。木曜《もくよう》はプールの掃除《そうじ》。そんなの、使用人《しようにん》にやらせればいいと思《おも》わないかい？」

「ちょっと待《ま》った！　きみのおばあちゃん、まだ生《い》きてるの？」

バスターは、ソファからがばっと身《み》を起《お》こし、意気込《いきご》んで尋《たず》ねた。エディの祖母《そぼ》は、かの有名《ゆうめい》な歌姫《うたひめ》、ナナ・ヌードルマンだ。六歳《ろくさい》だったバスターに自分《じぶん》の劇場《げきじょう》を持《も》つという夢《ゆめ》を与《あた》えてくれた。そのナナが、まだ生《い》きているとは。

「ああ、ピンピンしてるよ」

壁《かべ》に立《た》てかけてあるサーフボードをエディが蹴《け》とばすと、壁《かべ》に掛《か》けてある一家《いっか》の写真《しゃしん》があらわれた。中心《ちゅうしん》にナナがいる。鋭《するど》い目《め》をカメラに向《む》けている。

その目力《めぢから》に圧倒《あっとう》されつつも、バスターは写真《しゃしん》に見入《みい》った。ピンとひらめくものがあったのだ。

「ワオ！　おばあちゃんは金持《かねも》ちだよね？」

「たんまり持《も》ってるよ」

エディは警戒《けいかい》するような口調《くちょう》になった。

「いっとくけど、おばあちゃんには近寄《ちかよ》らないほうがいい。ほんと、おっかないんだから」

バスターの心《こころ》を見透《みす》かしたかのように、エディは念《ねん》を押《お》した。けれどバスターは、写真《しゃしん》から目《め》を離《はな》せなかった。ショーを成功《せいこう》させるために、ナナの力《ちから》を借《か》りられないだろうか？

ナナに観客《かんきゃく》としてきてもらえたら、またとないニュースになるはずだ！

# 23

劇場《げきじょう》では、ステージでマイクが指《ゆび》でカウントをとりながら、自信《じしん》たっぷりに歌《うた》っていた。

「スポットライトを明《あか》るくして」

バスターにいわれたとおりにミーナが照明《しょうめい》を調整《ちょうせい》すると、次《つぎ》の指示《しじ》がとんだ。

「オーケイ。今度《こんど》は月《つき》をおろそう」

月《つき》とは、天井《てんじょう》からワイヤーで吊《つ》るされている背景《はいけい》のセットの三日月《みかづき》のことだ。そこに、ミス・クローリーがやってきた。

「コーヒーでもいかがです？」

「ありがとう、ミス・クローリー」

ミーナは装置《そうち》を操作《そうさ》したが、なかなか月《つき》がおりてこない。

「調子《ちょうし》が悪《わる》いときは、たたけばいい」

ミーナが装置《そうち》をたたくと、マイクの背景《はいけい》に、するすると月《つき》がおりてきた。

「オーケイ。それでいい」

「どなたか、わたしのガラスの目玉《めだま》を見《み》なかった？　すぐどこかに行《い》ってしまって」

どうやら、ミス・クローリーの義眼《ぎがん》がまた落《お》ちてしまったらしい。

「うっ……！」

そのとき、コーヒーを飲《の》んでいたバスターが、喉《のど》をつまらせた。カップの中《なか》に義眼《ぎがん》が入《はい》っていたのだ。

「ペッ!!」

バスターはあわてて義眼《ぎがん》を吐《は》きだした。その義眼《ぎがん》が空《そら》を舞《ま》い、カ〜ン！　とスポットライトに命中《めいちゅう》。そして、はね返《かえ》った義眼《ぎがん》はライトを支《ささ》える装置《そうち》を直撃《ちょくげき》し、ガシャン！　と、ライトが落《お》ちた。危《あや》ういところで、マイクに当《あ》たるところだった。

災難《さいなん》だったのは、舞台袖《ぶたいそで》で出番《でばん》を待《ま》っていたラクダのピートだ。スポットライトから勢《いきお》いよく跳《は》ねかえってきた義眼《ぎがん》が当《あ》たり、気《き》を失《うしな》ってしまった。

マイクはカンカンだった。

「おれを殺《ころ》す気《き》か、ジャンボ！」

すさまじい勢《いきお》いで、ミーナに食《く》ってかかった。

「わ、わたしのせいじゃありません」

「そうかよ、だったら誰《だれ》のせいなんだ？」

落《お》ちたライトが燃《も》えだした。ミーナは、あわてて消火器《しょうかき》を手《て》にとった。

バスターはピートのもとに駆《か》けよっていた。

「ピート？　ピート！　大丈夫《だいじょうぶ》か？」

ピートはうめくだけで、ぴくりとも動《うご》かない。バスターは救急車《きゅうきゅうしゃ》の手配《てはい》をした。あの容《よう》体《だい》では、ショーに間《ま》に合《あ》わないだろう。残念《ざんねん》だが、しかたない。

ピートをのせた救急車《きゅうきゅうしゃ》を玄関《げんかん》で見送《みおく》っていると、劇場《げきじょう》からカエルのリッキーとカイがプンプン怒《おこ》って出《で》てきた。

「おいおい、リハーサルはどうしたんだ？」

あとから出《で》てきたハウイーが肩《かた》をすくめた。

「おれたち、もうおしまいだ」

「なんだって？」

バスターはわけがわからず、ぽかんとした。

「あいつら、おれとはもう付《つ》き合《あ》いきれないって。『何様《なにさま》だと思《おも》ってる？』っていわれたんだ」

トリオがこんなに仲《なか》が悪《わる》くては、ショーの雰囲気《ふんいき》をこわすだけだ。これでは、ピートに続《つづ》いて、カエルの三人組《さんにんぐみ》もショーには出《で》られないだろう。やれやれ、先《さき》が思《おも》いやられる。

バスターは憂鬱《ゆううつ》な思《おも》いで、ステージに戻《もど》った。

「何《なに》かいいニュースはないか、ミス・クローリー？」

「そうひどい状況《じょうきょう》ではありませんよ。ムーンさん」

といったとたん、ミス・クローリーの足《あし》もとの床《ゆか》が抜《ぬ》けた。

「おや、まあ。たいへん」

バスターは頭《あたま》をかかえた。装置《そうち》はガタがきているし、劇場《げきじょう》はボロボロ。これを直《なお》すには、莫大《ばくだい》な費用《ひよう》がかかるだろう。なんとしてもショーを成功《せいこう》させるしかない。なんとしても……。ショーを盛《も》りあげるには、もっと出場者《しゅつじょうしゃ》が必要《ひつよう》だ。そうだ！　バスターはミーナを見《み》た。

「ミーナ、もう一回《いっかい》オーディションを受《う》けてみないか？」

ミーナは耳《みみ》を疑《うたが》った。あれほどやりたかったオーディションをもう一回《いっかい》受《う》けられる？

「ええ、ぜひ！」

「よし、決《き》まりだ」

けれど、次《つぎ》の瞬間《しゅんかん》、

「やっぱりだめです」

ミーナはうつむいた。

「どうして？」

「歌《うた》は歌《うた》えるんですけど、でも、緊張《きんちょう》しちゃって……やっぱり無理《むり》です。すごく歌《うた》いたいんです。でも、だめなんです」

「じゃ、この件《けん》はまたあとで相談《そうだん》しよう」

バスターは、とりあえずミーナを追《お》いつめないことにした。と、そのとき、聞《き》きおぼえのある曲《きょく》が流《なが》れてきた。

「キラキラハッピ〜♪」

子《こ》グマのキューティーズだ。戻《もど》ってきたのか！　今《いま》の状況《じょうきょう》では、まさに救《すく》いの神《かみ》だ。バスターはキューティーズに勇《いさ》んで話《はな》しかけた。

「前《まえ》にいったことは忘《わす》れてくれ。きみらはひじょうに才能《さいのう》がある。ぜひ、コンテストに出《で》てくれ。イエス？　ノー？」

キューティーズはきょとんとした顔《かお》で、首《くび》をかしげた。そうか、この子《こ》たちは日本語《にほんご》しか通《つう》じないんだっけ。

「アナタダシ、スゴク、クサイヨ。アシノツメ、ヒジョウニ、ニテ、クサイ！」

バスターがいうと、キューティーズはびっくりして、逃《に》げていった。バスターは、叫《さけ》んだ。

「ちょっと待《ま》って。行《い》かないで。戻《もど》ってくれよう！」

どういうことだ？　あれほどショーに出《で》たがっていたのに！

# 24

　スタジオに入《はい》ったとたん、グンターは目《め》をまるくした。床一面《ゆかいちめん》に、紙《かみ》が敷《し》いてある。その数《かず》、百五十枚《ひゃくごじゅうまい》ほど。その一枚《いちまい》ずつに足形《あしがた》と進《すす》む方向《ほうこう》が描《か》かれていて、全部並《ぜんぶなら》べると、ダンスのステップの順番《じゅんばん》になっている。

「わ～お！　何《なに》、これ？」

「ダンス・ステップの図解《ずかい》よ」

　ロジータは得意《とくい》そうに答《こた》えると、音楽《おんがく》に合《あ》わせて、ステップを踏《ふ》んでみせた。ロジータのやる気《き》が感《かん》じられて、グンターは感心《かんしん》した。

　よし、さっそくレッスン。と思《おも》ったとき、ブタの男《おとこ》の子《こ》がスタジオに入《はい》ってきて、床《ゆか》の紙《かみ》をバラバラにした。

「こら、キャスパー！」

ロジータが怒《おこ》った。

「おとなしくしてなさいって、いったでしょ？」

ロジータはすまなそうに、いった。

「ごめんなさい。この子《こ》、熱《ねつ》があるんだけど、シッターさんを頼《たの》めなかったの」

キャスパーはキャッキャッ騒《さわ》ぎながら、大《おお》はしゃぎしている。

「もう熱《ねつ》は下《さ》がったようね」

ロジータはため息《いき》をついた。


「こんなの、歌《うた》えないよ」

アッシュはバスターに反抗《はんこう》した。

「どうして？　きみは女《おんな》の子《こ》、しかもティーンエイジャーだ。これは、そんなきみのための歌《うた》なんだよ」

「つまりあんたは、ティーンエイジャーの心《こころ》をお見通《みとお》しってわけ」

「そのとおり。ちょっと振《ふ》りも加《くわ》えてみようか。いいかい？　いくよ」

バスターは曲《きょく》に合《あ》わせ、踊《おど》ってみせた。アッシュはしぶしぶ、バスターの振《ふ》りをまねした。

「こんな感《かん》じでいいの？」

「すばらしい！　きみは天才《てんさい》だ！」

バスターは満足《まんぞく》げにうなずいた。


オフィスでは、ジョニーがミス・クローリーにピアノの特訓《とっくん》を受《う》けていた。相変《あいか》わらず、たどたどしい弾《ひ》き方《かた》だ。ジョニーは自分《じぶん》に腹《はら》を立《た》て、鍵盤《けんばん》をバンとたたいた。どうしよう？　本番《ほんばん》までに間《ま》に合《あ》うのかな？

「ふうっ。ほんとにダメね」

ミス・クローリーもため息《いき》をついた。

そのとき、

「ジョニー」

どこからか、ビッグ・ダディの声《こえ》がした。壁《かべ》にかけた、ジョニーの革《かわ》ジャンから聞《き》こえる。ポケットに入《い》れたトランシーバーからだ。

「ジョニー？　応答《おうとう》せよ」

「ジョニー、あなたの上着《うわぎ》がしゃべってるわ！」

ミス・クローリーはわけがわからず、目《め》を白黒《しろくろ》させた。ジョニーは急《いそ》いでトランシーバーを手《て》にとった。

「父《とう》さん、どうしたんだ？」

「どういうことだ？　もう帰《かえ》るって？」

バスターは腕《うで》を組《く》んで、ジョニーを見《み》た。まだリハーサル途中《とちゅう》なのに早退《そうたい》なんてもってのほか、とその顔《かお》が語《かた》っている。

「ほんとうにすみません。ちょっと家《いえ》の急用《きゅうよう》で抜《ぬ》けなきゃならなくなって」

ジョニーは大《おお》きな体《からだ》をすくませて、謝《あやま》った。

「そんなんじゃ、先《さき》が思《おも》いやられるな」

「わかってます、ムーンさん。これっきりだと約束《やくそく》します」

「頼《たの》むぞ」


「ただいま、ベイビー」

アッシュはアパートのドアをあけ、中《なか》にいるランスに呼《よ》びかけた。うん？　歌声《うたごえ》がする……。アッシュの目《め》がまるくなった。なんと、窓辺《まどべ》でランスがヤマアラシの女《おんな》の子《こ》と歌《うた》っているではないか。

女《おんな》の子《こ》はピンクのふちのサングラスをかけ、楽《たの》しそうにタンバリンをたたいている。

「どういうこと？」

アッシュの声《こえ》に、ランスたちは歌《うた》うのをやめた。女《おんな》の子《こ》がサングラスをはずした。

「ハーイ、あたしベティ」

「ベティですって？」


「おまえは、リハーサルばっかりで、おれのことほったらかしだったじゃないか！」

アッシュにアパートからたたきだされ、ランスは文句《もんく》をいった。

「それは、あんたとあたしのふたりのためなのに！」

アッシュは、ランスのギターケースを外《そと》に向《む》かって放《ほう》りなげた。

「あのう、あたしサングラス忘《わす》れてきちゃったみたいなんだけど」

ベティがアパートに戻《もど》ろうとしたが、その鼻先《はなさき》でアッシュは乱暴《らんぼう》にドアを閉《と》じた。

ため息《いき》しか出《で》てこない。賞金《しょうきん》を手《て》にしてふたりのスタジオをつくろうと頑張《がんば》っているのに、好《この》みでない歌《うた》も歌《うた》っているのに！　アッシュがリハーサルをしているあいだ、ランスは別《べつ》の女《おんな》の子《こ》とコンビを組《く》んだってわけ？

「行《い》くぞ、ベティ。あいつがその気《き》なら、こっちから出《で》てってやる！」

ドアの外《そと》からランスの声《こえ》がした。アッシュはぎゅっと目《め》を閉《と》じた。

# 25

クラブの中《なか》は、今夜《こんや》も客《きゃく》でぎっしり満員《まんいん》だ。ダンス・フロアでは身動《みうご》きできないほどの空間《くうかん》で、みんなダンスを楽《たの》しんでいる。その上《うえ》を、色《いろ》とりどりの風船《ふうせん》がとびかう。クラブ名物《めいぶつ》の演出《えんしゅつ》だ。

ダンス・フロアの上《うえ》の階《かい》では、マイクがクマたちとテーブルを囲《かこ》んでいる。ポーカーをしているのだ。

さっきから勝《か》ち続《つづ》けていて、マイクの前《まえ》のテーブルには、どんどん札《さつ》が積《つ》まれていく。マイクは上《じょう》機嫌《きげん》だった。笑《わら》いが止《と》まらない。

いっぽう、負《ま》けっぱなしのクマのボス・ベアはムスッとしている。どうもおかしい。このチビのネズミに、こんなこてんぱんにやられるなんて。もしかして、こいつイカサマしてるんじゃないだろうな。

「よ〜し、今夜《こんや》はもうお開《ひら》きだ」

マイクは、パンと手《て》を打《う》った。

「デレク、金《かね》はおれの車《くるま》に運《はこ》んでくれ」

と、クラブの支配人《しはいにん》、ワニのデレクに命令《めいれい》した。デレクがテーブルの上《うえ》の札束《さつたば》を、マイクの鞄《かばん》につめる。ここでは、なんでも金《かね》がものをいうのだ。

「おまえの腕前《うでまえ》はたいしたもんだな、マイク」

ボス・ベアが、いまいましそうにいった。

「あんただって、相当《そうとう》なもんだぜ」

マイクは陽気《ようき》に答《こた》え、ガールフレンドのナンシーを抱《だ》き寄《よ》せた。

「どうやってイカサマしたんだ？」

「イカサマ？　イカサマだって？　そりゃ、ないだろ」

マイクはわざとらしく、目《め》を見開《みひら》いた。

「行《い》くぞ、ナンシー。ダンス・フロアで踊《おど》ろう」

そそくさと立《た》ち去《さ》ろうとするマイクの背《せ》を見《み》て、ボス・ベアの目《め》が光《ひか》った。上着《うわぎ》の裾《すそ》からカードがはみ出《で》ている。チビのネズミめ、やっぱりイカサマしてやがったな！

「こいつはなんだ？」

ボス・ベアはカードをひったくり、大《おお》きな指《ゆび》でマイクをつまみあげた。

「あれ、なんでカードがそんなとこに？」

マイクはあわてて、ボス・ベアの手《て》からとびおりた。

「逃《に》げるぞ、ナンシー！」

「あいつを捕《つか》まえろ！」

ボス・ベアは手下《てした》のクマたちに命令《めいれい》した。

冗談《じょうだん》じゃない、捕《つか》まるもんか！　マイクはダンス・フロアの空中《くうちゅう》に浮《う》かんでいるピンクの風船《ふうせん》にとびついた。それにのって逃《に》げるつもりだった。が、途中《とちゅう》でパチン！　風船《ふうせん》が割《わ》れてしまった。

床《ゆか》に落《お》ちたマイクは、今度《こんど》はダンス・フロアの床《ゆか》を這《は》いながら、出口《でぐち》に向《む》かおうとした。こんなとき、体《からだ》の小《ちい》さなネズミは便利《べんり》だ。満員《まんいん》の客《きゃく》たちの足《あし》もとを、すいすい通《とお》りぬけていける。クマたちは次々《つぎつぎ》に客《きゃく》にぶつかっていて、なかなか前《まえ》に進《すす》めない。かろうじて外《そと》に出《で》ることができた。ふうっ、助《たす》かった。と思《おも》った瞬間《しゅんかん》、背後《はいご》からボス・ベアが追《お》いかけてきた。

何度《なんど》も追《お》いつかれそうになりながら、マイクは必死《ひっし》に走《はし》った。前方《ぜんぽう》に、自分《じぶん》の赤《あか》いオープンカーが見《み》える。車《くるま》にさえのれば、逃《に》げられる。

車《くるま》のフロントガラスにとびつくと、マイクは急《いそ》いで運転席《うんてんせき》についた。そして車《くるま》を急発進《きゅうはっしん》させた。

逃《に》がすもんか！　ボス・ベアが車《くるま》の後部《こうぶ》に、がばっとしがみついた。しつこいクマめ。

マイクは車《くるま》の尻《しり》を、勢《いきお》いよく右《みぎ》に左《ひだり》に振《ふ》った。ボス・ベアは振《ふ》り落《お》とされてしまった。

やったぞ！　金《かね》はすでにデレクによって、車《くるま》に運《はこ》ばれている。マイクはにんまりとした。

「あばよ、クマちゃんたち！」

儲《もう》けさせてくれて、サンキュー！

# 26

今日《きょう》は水曜日《すいようび》。エディがおばあさんのナナを訪《たず》ねる日《ひ》だ。そのために、黄色《きいろ》のジャケットでおしゃれもしてきた。
あーあ、気《き》が進《すす》まないな。憂鬱《ゆううつ》な思《おも》いで歩《ある》いているうちに、ナナの家《いえ》の前《まえ》まできた。と、
プルルル……携帯電話《けいたいでんわ》の着信音《ちゃくしんおん》がした。電話《でんわ》の発信者名《はっしんしゃめい》は、〝バスター〟となっている。

なんの用《よう》だろう？　エディは電話《でんわ》に出《で》た。

「やあ、おはようバスター」

「おはよう、調子《ちょうし》はどうだい？」

「いいよ。ショーはどんな具合《ぐあい》？」

「絶好調《ぜっこうちょう》さ。なんだよ、エディ。今日《きょう》はずいぶんめかしこんでるじゃないか」

え、なんでわかるの？　エディはびっくりした。横《よこ》を見《み》ると、ナナの家《いえ》の前《まえ》にバスターがいるではないか。嫌《いや》な予感《よかん》がする。

「バスター、何《なに》してるんだ？」

バスターは、玄関前《げんかんまえ》の大《おお》きな花入《はない》れからバラを数本引《すうほんひ》っこぬくと、エディに渡《わた》した。

「エディ、きみのおばあさんに会《あ》いにいくなら、花《はな》くらい持《も》ってかないと。ほれ」

なんだって？　エディはぎょっとした。かつての歌姫《うたひめ》ナナは、気難《きむずか》し屋《や》で知《し》られている。孫《まご》のエディでさえ、会《あ》うには覚悟《かくご》がいるというのに。バスターはナナに会《あ》いにきたのか？　冗談《じょうだん》じゃない。

「おい、バスター。よせよ。よせったら」

けれどバスターは気《き》にする様子《ようす》もなく、執事《しつじ》がドアをあけると、すたすた中《なか》に入《はい》っていった。

玄関《げんかん》ホールはだだっ広《ぴろ》く、中央《ちゅうおう》に大《おお》きな螺旋階段《らせんかいだん》がある。その階段《かいだん》に、ナナが立《た》っていた。紫色《むらさきいろ》のガウンをまとい、ティーカップを手《て》にしたまま、冷《ひ》ややかな目《め》でバスターを見《み》おろしている。

「ナナ！」

バスターは大声《おおごえ》で呼《よ》びかけた。

「相変《あいか》わらずお美《うつく》しい。九十歳《きゅうじっさい》を過《す》ぎてるようには見《み》えません！」

「おい、歳《とし》のことをいうなって」

横《よこ》からエディがこづいた。バスターはエディの手《て》からバラの花束《はなたば》をひったくると、階段《かいだん》を駆《か》けのぼり、ナナの冷《つめ》たい視線《しせん》にかまわず、挨拶《あいさつ》した。

「バスター・ムーンです。エディの卒業式《そつぎょうしき》でお目《め》にかかりました」

「それは光栄《こうえい》だこと」

そっけなくナナは答《こた》え、ゆっくりと階段《かいだん》をおりた。

「役立《やくた》たずの孫《まご》と三流劇場《さんりゅうげきじょう》の支配人《しはいにん》が、一緒《いっしょ》に訪《たず》ねてきてくれるとは」

「ナナはぼくのこと、覚《おぼ》えてててくれたぞ」

バスターはうれしそうにエディにいうと、今度《こんど》は階段《かいだん》を駆《か》けおり、ナナの前《まえ》に立《た》った。

「どうです、ナナ？　超一流《ちょういちりゅう》のショーのスポンサーになる気《き》はありませんか？」

おいおい。ナナのうしろにいたエディが、バスターを止《と》めようと手《て》を伸《の》ばした。

「まさか、ニュースでやってた歌《うた》のコンテストのことじゃないでしょうね？」

ナナは顔《かお》をしかめた。

「まさに、それです」

「賞金《しょうきん》が払《はら》えないのね、そうなんでしょ？」

ナナは容赦《ようしゃ》なく、告《つ》げた。

「まさか！　ただ、ほんのちょっとでもご協力《きょうりょく》いただけたら……」

「一《いっ》セントだって出《だ》すもんですか」

ナナはそっぽを向《む》いて、いいはなった。

「お願《ねが》いです、話《はなし》だけでも聞《き》いてください」

バスターがいうと、エディがすかさず続《つづ》けた。

「聞《き》くことないよ、おばあちゃん」

「どっちの話《はなし》も聞《き》く気《き》はないわ。エディ、中国茶《ちゅうごくちゃ》をいれて。お砂糖《さとう》はなしで。早《はや》くしてちょうだい」

ナナはエディに、ティーカップを渡《わた》した。

「……おばあちゃん。ぼく、お茶《ちゃ》のいれ方《かた》知《し》らないんだけど」

ナナはあきれたように、首《くび》を振《ふ》った。まったく、この役立《やくた》たずの孫《まご》ったら！

「このショー、子《こ》どもの頃《ころ》に見《み》ました。そしてナナ、あなたに恋《こい》したんです」

勝手《かって》に部屋《へや》に押《お》しかけたバスターは、壁《かべ》に貼《は》ってあるポスターをしげしげと見《み》つめた。

それはまさに、バスターが六歳《ろくさい》のときに見《み》たショーのポスターだった。

「よして。お世辞《せじ》にはうんざりしてるの。いくらゴマをすっても、お金《かね》を出《だ》す気《き》はいっさいありませんからね」

グランドピアノの前《まえ》に立《た》ち、ナナは鼻《はな》を鳴《な》らした。ピアノの上《うえ》には、さまざまな写真《しゃしん》が飾《かざ》ってある。

「あなたの劇場《げきじょう》にお客《きゃく》が入《はい》らないのは、ショーがつまらないからでしょ？」

ナナは扇《おうぎ》をひらひらさせながら、いった。

「でも、今度《こんど》のショーはちがいます」

バスターは、必死《ひっし》にナナを説得《せっとく》しようとした。

「今度《こんど》のショーにはお客《きゃく》がわんさと集《あつ》まるはずです。劇場《げきじょう》が光《ひか》りかがやいていた、あの頃《ころ》のように」

「光《ひか》りかがやいていたどころじゃないわ、ミスター・ムーン。それはそれは、夢《ゆめ》のような日々《ひび》だった」

ナナは遠《とお》い目《め》になった。昔《むかし》をなつかしむように、一面《いちめん》ガラス張《ば》りの大《おお》きな窓《まど》の前《まえ》に立《た》ち、外《そと》を見《み》つめた。

「あなたの劇場《げきじょう》だって、奇跡《きせき》と魔法《まほう》の宮殿《きゅうでん》だったわ……」

「ナナ、今《いま》でもそうですよ」

ティーカップやポットの載《の》ったトレイを手《て》に、エディが部屋《へや》に入《はい》ってきた。バスターのことばを聞《き》き、エディはぼそっとつぶやいた。

「よくいうよ」

ナナはふたりにはかまわず、自分《じぶん》だけの世界《せかい》にひたっているようだった。

「ベルベットのスーツに身《み》をつつんだ案内係《あんないがかり》。チケットを買《か》うために、お客《きゃく》の列《れつ》は二《に》キロも続《つづ》いた。幕《まく》があがり、そしてきらびやかなショーが始《はじ》まる……」

「音楽《おんがく》とライトは人生《じんせい》に夢《ゆめ》をもたらす」

と、バスターがあとを引《ひ》きとった。トレイからティーカップをとり、ナナに渡《わた》した。

「そのとおり」

カップを受《う》けとり、ナナはうなずいた。

「ぼくの劇場《げきじょう》は今《いま》でも変《か》わりません。それどころか、もっと華《はな》やかになる」

「嘘《うそ》つくな」

エディがバスターの足《あし》を蹴《け》った。

「その目《め》でご覧《らん》になってください。あなたのためだけに特別《とくべつ》に通《とお》し稽古《げいこ》を上演《じょうえん》します。いかがです、ナナ？」

バスターは、ナナをじっと見《み》つめた。

「どうせ、大《おお》ボラなんでしょ？」

ナナは冷《つめ》たくいいはなった。エディはすかさず、バスターの腕《うで》を引《ひ》っぱった。

「ほらな、これで気《き》がすんだろ、バスター？　ありがとう、おばあちゃん」

「でも……」

ナナは思《おも》いなおしたようだった。

「その老《お》いぼれ執事《しつじ》とゲームをして時間《じかん》をつぶすより、マシかもしれないわね」

部屋《へや》にひかえていたペンギンの執事《しつじ》が、さっと緊張《きんちょう》した顔《かお》になった。

バスターの顔《かお》が、ぱっとかがやいた。やった！　ナナを説得《せっとく》できたぞ！

「ありがたい。あなたをアッといわせてみせますよ、ナナ。嘘《うそ》じゃない。ほんとうです！」

# 27

劇場《げきじょう》に戻《もど》ると、バスターはさっそく出場者《しゅつじょうしゃ》たちを集《あつ》めた。

「みんな、聞《き》いてくれ！　明日《あした》、通《とお》し稽古《げいこ》をおこなう。観客《かんきゃく》は、なんとあの伝説《でんせつ》のナナ・ヌードルマンだ！」

なんだって？　あのナナが？　出場者《しゅつじょうしゃ》たちのあいだに、衝撃《しょうげき》が走《はし》った。

「ナナ・ヌードルマン、まだ生《い》きてたのか？」

マイクが目《め》をまるくした。

「そうだ。いっておくが、ナナの目《め》は厳《きび》しいぞ。だから今日《きょう》は、本番《ほんばん》さながらのリハーサルをしよう。最高《さいこう》のステージを見《み》せてくれ！」

「ワオ！　腕《うで》の見《み》せどころだ！」

グンターが拳《こぶし》を振《ふ》りあげた。

バスターは、ミス・クローリーとミーナに図面《ずめん》を見《み》せた。明日《あした》の通《とお》し稽古《げいこ》の演出《えんしゅつ》の予定《よてい》図《ず》だ。

「きみらはどう思《おも》う？」

「ずいぶん、斬新《ざんしん》ですね」

と、ミス・クローリー。ミーナは心配《しんぱい》そうだった。

「ほんとにやるんですか？」

「ナナと約束《やくそく》したんだ。華《はな》やかなショーを見《み》せるとね。これならナナも感動《かんどう》するはずだ」

「ええ、そうでしょうとも」

ミス・クローリーは、ボスに忠実《ちゅうじつ》にうなずいた。

「よーし、あと二分《にふん》でリハーサルを始《はじ》めるぞ！」

バスターの声《こえ》が響《ひび》いた。


ジョニーの上着《うわぎ》から、父親《ちちおや》の声《こえ》が聞《き》こえた。

「ジョニー？　どこにいるんだ、応答《おうとう》せよ」

ジョニーはあわててポケットからトランシーバーを取《と》りだし、ほかの出場者《しゅつじょうしゃ》に聞《き》こえないように、舞台袖《ぶたいそで》の奥《おく》に移動《いどう》した。

「父《とう》さん、おれだよ。どうした？」

「連絡《れんらく》があった。船《ふね》が着《つ》く」

「今夜《こんや》？」

「ちがう。今《いま》これからだ。ヘクター通《どお》りの角《かど》に集合《しゅうごう》だ。二分《にふん》でこい」

二分《にふん》でだって？　これから？　ジョニーはため息《いき》をついた。リハーサル中《ちゅう》なのに。だが父親《ちちおや》のいうことには逆《さか》らえない。なんといっても、ギャングのボスなのだから。

いわれた場所《ばしょ》まで行《い》くと、ビッグ・ダディたちはいつものようにお面《めん》をつけ、青《あお》いつなぎを着《き》て待《ま》っていた。ジョニーの運転《うんてん》する車《くるま》にのり、一行《いっこう》は目的地《もくてきち》のマンホールに向《む》かった。手下《てした》たちが先《さき》にマンホールにもぐると、ビッグ・ダディは車《くるま》の運転席《うんてんせき》の窓《まど》をたたいた。

「ここで待《ま》ってろ。きっかり三十七分後《さんじゅうななふんご》に――」

「戻《もど》ってくるんだろ？　わかってるよ」

ジョニーはいった。ビッグ・ダディの姿《すがた》がマンホールの中《なか》に消《き》えると、ジョニーは腕時計《うでどけい》を見《み》た。三十七分《さんじゅうななふん》……それだけあれば、劇場《げきじょう》でリハーサルして戻《もど》ってこられるはずだ。猛《もう》スピードで車《くるま》をとばし、ジョニーは劇場《げきじょう》に向《む》かった。頼《たの》む、間《ま》に合《あ》ってくれ。


ステージではマイクが歌《うた》いおわったところだった。客席《きゃくせき》でミス・クローリーと聞《き》いていたバスターは、拍手喝采《はくしゅかっさい》だ。

「ブラボー、マイク！　ナナも絶賛《ぜっさん》まちがいなしだ」

「そいつは褒《ほ》めすぎだよ、ムーンさん」

マイクは照《て》れた。

「それに、その新《あたら》しいスーツも似合《にあ》ってるよ。オーケイ、次《つぎ》はアッシュだ。ステージに急《いそ》いでくれ」

「おっと、扱《あつか》いにくいティーンエイジャー様《さま》のお通《とお》りだ」

マイクが皮肉《ひにく》をいって、脇《わき》にどいた。舞台袖《ぶたいそで》からミーナが声《こえ》をかけた。

「アッシュ、頑張《がんば》って」

バスターの勧《すす》めた青《あお》いドレス姿《すがた》であらわれたアッシュは、最初《さいしょ》の数小節《すうしょうせつ》を歌《うた》っただけで、ポロポロ涙《なみだ》をこぼした。

『わたしに電話《でんわ》して……』という歌詞《かし》が、今《いま》の自分《じぶん》にぴったりすぎた。アパートから出《で》ていったランスのことが、忘《わす》れられないのだ。

ああ、ランス。どうしてるの？　もうあたしのことなんて、どうでもいいの？

「ちょっと、ストップ！　音楽《おんがく》止《と》めて！」

バスターはわけがわからず、曲《きょく》を止《と》めさせた。

「アッシュ、どうした？　ドレスが気《き》に入《い》らないのか？」

アッシュは、泣《な》きながら首《くび》を振《ふ》った。ヤマアラシの針《はり》があたりにとびちる。バスターはあわてて針《はり》をよけた。

「アッシュ、どうしたの？」

舞台袖《ぶたいそで》に駆《か》けこんできたアッシュに、ロジータが心配《しんぱい》そうに声《こえ》をかけた。

アッシュから涙《なみだ》ながらにランスの話《はなし》を聞《き》くと、ロジータの鼻息《はないき》が荒《あら》くなった。

「そんなやつ、別《わか》れて正解《せいかい》よ！」

「ほんと、最低《さいてい》のゴミカス野郎《やろう》！」

グンターも憤慨《ふんがい》している。

「ロジータ、グンター、出番《でばん》だぞ」

バスターの声《こえ》がとんだ。ロジータは自分《じぶん》のバッグをアッシュにさしだした。

「はい、このバッグの中《なか》にガムやキャンディが入《はい》ってるから、好《す》きなの食《た》べて」

アッシュはロジータの親切《しんせつ》がうれしかった。じんわりと胸《むね》が熱《あつ》くなる。ロジータがステージに出《で》ようとすると、うしろからジョニーが呼《よ》びとめた。急《いそ》いで劇場《げきじょう》に駆《か》けつけたのだ。

「ロジータ、ロジータ！　待《ま》って！」

何《なに》かしら？　ロジータはジョニーを振《ふ》り向《む》いた。

「先《さき》にリハーサルさせてもらえない？」

「いいわよ、どうぞ」

けれど、すでにグンターがステージに出《で》ていた。

「オーケイ、準備《じゅんび》はできてる。おれたちのステージを見《み》て、ぶったまげるなよ。ピギー・パワーを見《み》せつけてやる！」

金《きん》ぴかのスーツを脱《ぬ》いで赤《あか》いレオタード姿《すがた》になったグンターは、やる気満々《きまんまん》だ。ロジータはジョニーに謝《あやま》った。

「ごめんなさい、ジョニー。グンターはもうノリノリだから止《と》められないわ」

「わかった……」

# 28

ジョニーは腕時計《うでどけい》を見《み》た。グンターとロジータの出番《でばん》が終《お》わり、次《つぎ》に自分《じぶん》のリハーサルをして……大丈夫《だいじょうぶ》、間《ま》に合《あ》うに決《き》まっている。絶対《ぜったい》、間《ま》に合《あ》ってみせる。

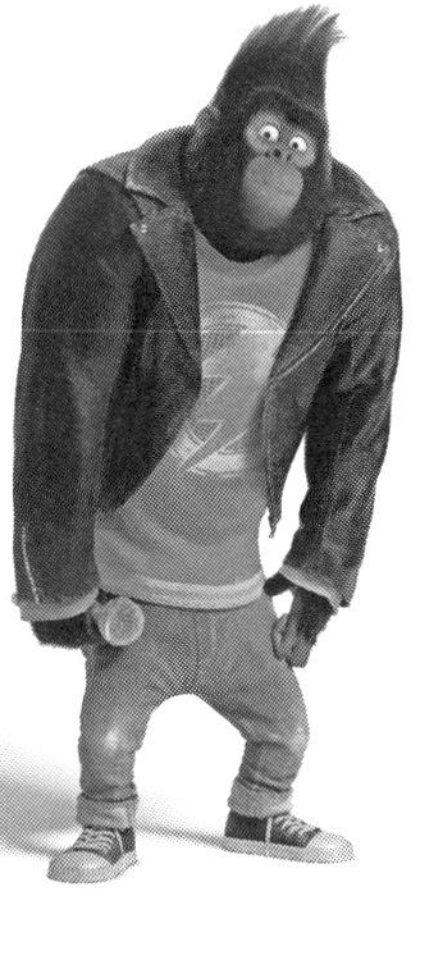

「おちついて、ロジータ。あなたなら、できる」

ロジータは、自分《じぶん》で自分《じぶん》を励《はげ》ました。音楽《おんがく》が鳴《な》り、ロジータは歌《うた》って踊《おど》りながら、ステージに出《で》ていった、が、体《からだ》が思《おも》うように動《うご》かず、スッテーン！　途中《とちゅう》でコケてしまった。

「大丈夫《だいじょうぶ》か？」

バスターが聞《き》くと、床《ゆか》でジタバタしているロジータの代《か》わりにグンターが陽気《ようき》にこたえた。

「うん！　大丈夫《だいじょうぶ》。そっちは？」

「次《つぎ》はジョニーだ。準備《じゅんび》してくれ」

バスターの声《こえ》を聞《き》くなり、ジョニーは大急《おおいそ》ぎでピアノをステージに押《お》していき、そそくさと歌《うた》いだした。

舞台袖《ぶたいそで》では、グンターがロジータにはっぱをかけていた。

「歌《うた》うだけじゃだめ。もっと熱《あつ》く踊《おど》らなくっちゃ」

「わたし……もう熱《あつ》くなれない」

ロジータは先《さき》ほどの失敗《しっぱい》で、すっかりしょげていた。

「ステップのカウントだってわからないのに」

「カウントなんて忘《わす》れな。考《かんが》えすぎないで、感情《かんじょう》のままに動《うご》けばいいんだ。音楽《おんがく》に合《あ》わせて、ボディとソウルで」

「それでも、わたしの体《からだ》は動《うご》いてくれないの。踊《おど》れないのよ。やっぱり平凡《へいぼん》な主婦《しゅふ》が向《む》いてるんだわ」

「ロジータ、待《ま》って！」

アッシュとミーナが声《こえ》をそろえて呼《よ》びとめたが、ロジータは劇場《げきじょう》を去《さ》っていった。

とぼとぼと玄関《げんかん》を出《で》ようとすると、どこからか声《こえ》がする。

「おいおい、ねえちょっと」

何《なに》かしら？　ロジータはふと足《あし》もとを見《み》た。玄関《げんかん》のドアの陰《かげ》にマイクがいて、外《そと》の様子《ようす》をうかがっている。

「凶暴《きょうぼう》そうな顔《かお》つきのクマの三人組《さんにんぐみ》見《み》なかったかい？」

「いいえ、見《み》てないわ」

「そいつはよかった」

ほっとした顔《かお》になったあと、マイクは続《つづ》けた。

「あんたのあれ、ウケたぜ。顔《かお》からステージにつっこむところ。思《おも》い出《だ》すだけで、笑《わら》っちまう。じゃあまたな、ブータン」


ピアノをトチッて、ジョニーは自分《じぶん》で自分《じぶん》に毒《どく》づいた。

「ああ、まただ……」

「ジョニー、きみには無理《むり》な注文《ちゅうもん》かもしれないけど……」

バスターのことばを、ジョニーはさえぎった。

「ムーンさん、おれだって自分《じぶん》なりに、一生懸命練習《いっしょうけんめいれんしゅう》してるんです。ほんとです」

「予備《よび》の歌《うた》は？　それも練習《れんしゅう》してるのか？」

「ええと、それはまだちょっと……」

「だったら練習《れんしゅう》してから、もう一度《いちど》リハーサルをやりなおそう。そんな演奏《えんそう》じゃ、ナナ・

ヌードルマンが……」

けれど、ステージ上《じょう》にジョニーの姿《すがた》はすでになかった。

ジョニーはトラックを猛《もう》スピードで走《はし》らせていた。早《はや》くしないと、父《とう》さんたちの逃走《とうそう》に間《ま》に合《あ》わない。前方《ぜんぽう》のタクシーを急《きゅう》ハンドルで追《お》いぬいた。

「おい、危《あぶ》ねえじゃないか！」

タクシーの運転手《うんてんしゅ》がわめいたが、ジョニーはかまわず走《はし》り続《つづ》けた。けれど間《ま》の悪《わる》いことに、渋滞《じゅうたい》に巻《ま》き込《こ》まれてしまった。ブップー！　ジョニーはクラクションをたたいた。

まずい、こいつはまずいぞ！

合流地点《ごうりゅうちてん》のマンホールから、ビッグ・ダディたちが次々《つぎつぎ》と出《で》てきた。ビッグ・ダディは上機嫌《じょうきげん》だった。

「これで一生《いっしょう》、遊《あそ》んで暮《く》らせるぞ！」

逃走車《とうそうしゃ》はどこだ？　周囲《しゅうい》を見《み》たが、ジョニーの車《くるま》は影《かげ》も形《かたち》もない。

「おい、どういうことだ？　ジョニーは？」

「きていませんぜ」

手下《てした》が答《こた》えた。ウ〜〜ウ〜〜〜。サイレンの音《おと》が近《ちか》づいてくる。

「逃《に》げろ！」

ビッグ・ダディは叫《さけ》んだが、遅《おそ》かった。一味《いちみ》は警察《けいさつ》に囲《かこ》まれてしまった。

刑務所《けいむしょ》の面会室《めんかいしつ》は、ごった返《がえ》していた。ガラスで仕切《しき》られた向《む》こう側《がわ》にはオレンジ色《いろ》の囚人服《しゅうじんふく》を着《き》た動物《どうぶつ》たちがずらりと並《なら》び、面会《めんかい》にきた家族《かぞく》と電話《でんわ》で話《はな》している。

ビッグ・ダディもそのひとりだ。

「おれたちが仕事《しごと》してるあいだ、どこに行《い》ってたんだ？」

ビッグ・ダディは、ガラス越《ご》しにジョニーを問《と》いつめた。

「ええと、ガソリン・スタンドに行《い》ってたんだ……」

ジョニーは嘘《うそ》をついた。が、父親《ちちおや》であるビッグ・ダディにはお見通《みとお》しだ。

「嘘《うそ》をつくな！」

ジョニーは観念《かんねん》した。本当《ほんとう》のことをいうしか、なさそうだ。

「ほんとは、リハーサルに行《い》ってた……」

「リハーサルだって？　なんの？」

「歌《うた》のコンテストのだ」

ジョニーはため息《いき》をついた。

「父《とう》さん、聞《き》いてくれ。おれ、ギャングになりたくない。歌手《かしゅ》になりたいんだ」

「歌手《かしゅ》だと？」

ビッグ・ダディは、口《くち》をあんぐりとあけた。思《おも》ってもみなかった話《はなし》だ。

「心配《しんぱい》はいらない。保釈金《ほしゃくきん》は払《はら》うから。優勝《ゆうしょう》したら、十万《じゅうまん》ドルの賞金《しょうきん》が手《て》に入《はい》るんだ」

ジョニーは必死《ひっし》に訴《うった》えた。どうしても自分《じぶん》の夢《ゆめ》を父親《ちちおや》にわかってほしかったのだ。けれどそれは、ギャングひと筋《すじ》で生《い》きてきたビッグ・ダディには無理《むり》な相談《そうだん》だった。二代目《にだいめ》として期待《きたい》をかけ、鍛《きた》えてきたはずの息子《むすこ》がまさか、歌手《かしゅ》になりたがっているとは！　これ以上《いじょう》がっかりすることが、あろうか？

「おまえのような野郎《やろう》が、おれの息子《むすこ》とはな」

ビッグ・ダディは椅子《いす》から立《た》ちあがった。

「いや、息子《むすこ》じゃない。今《いま》までも、これからも」

「おれがここから出《だ》してやるよ、父《とう》さん！　きっと金《かね》をつくるから」

ビッグ・ダディは何《なに》もいわず、背《せ》を向《む》けた。ジョニーは唇《くちびる》を噛《か》みしめた。たとえ自分《じぶん》の夢《ゆめ》をわかってもらえなくとも、ビッグ・ダディは自分《じぶん》の親《おや》だ。絶対《ぜったい》に保釈《ほしゃく》させてやる。それが、期待《きたい》を裏切《うらぎ》った自分《じぶん》にできる精一杯《せいいっぱい》のことだ。

# 29

その夜《よる》、ジョニーは真《ま》っ暗《くら》なバスターのオフィスに、窓《まど》から忍《しの》びこんだ。一刻《いっこく》も早《はや》く保釈金《ほしゃくきん》をつくるには、コンテストを待《ま》っていられない。このオフィスのどこかに賞金《しょうきん》の十万《じゅうまん》ドルがあるはずだ。

ムーンさんには悪《わる》いが、父《とう》さんを保釈《ほしゃく》させるには、これしか方法《ほうほう》がないんだ……。強盗《ごうとう》するときの流儀《りゅうぎ》にのっとって、ジョニーはウサギのお面《めん》をつけていた。オフィスを見回《みまわ》すと、デスクの上《うえ》に、賞金《しょうきん》が入《はい》っているらしきトランクがある。

あれだ！　ジョニーはトランクをかかえた。そのとき、デスクに置《お》かれたメモに気《き》づいた。なんだろう？　パラパラめくると、コンテストの出場者《しゅつじょうしゃ》たちの感想《かんそう》が書《か》かれている。

おれのは？

ジョニーは興味《きょうみ》をひかれ、自分《じぶん》の項目《こうもく》を探《さが》した。そこには、こう書《か》かれていた。

『ジョニー――生《う》まれながらの歌手《かしゅ》。合格《ごうかく》』

〝生《う》まれながらの歌手《かしゅ》〟。そのことばに、ジョニーは胸《むね》を打《う》たれた。ああ、おれは何《なに》やってるんだろう？ ムーンさんはおれのこと、買《か》ってくれているのに。こんな泥棒《どろぼう》している暇《ひま》があったら、練習《れんしゅう》しなくちゃ！


「フンフンフーン♪」

遠《とお》くから鼻歌《はなうた》が聞《き》こえてきた。ミス・クローリーの声《こえ》だ。ジョニーはトランクをデスクに戻《もど》した。ドアをあけた瞬間《しゅんかん》、ミス・クローリーは悲鳴《ひめい》をあげた。

「ジョニー！ ああ、びっくりした。心臓《しんぞう》が止《と》まるかと思《おも》ったわ！」

「すみません、ミス・クローリー。ええと、その……」

ジョニーは必死《ひっし》に言《い》い訳《わけ》を考《かんが》えた。

「遅《おそ》い時間《じかん》だとわかってるけど、もっとピアノの練習《れんしゅう》がしたくて」

まあ、やっとやる気《き》になったのね！ ミス・クローリーは顔《かお》をほころばせた。


「そうそう。いい調子《ちょうし》よ」

ジョニーの弾《ひ》くピアノに、ミス・クローリーは目《め》を細《ほそ》めた。今夜《こんや》のジョニーはいつもとは目《め》の色《いろ》がちがう。心《こころ》からうまくなりたいという気持《きも》ちが、ひしひしと伝《つた》わってくる。このままいけば、コンテストではいい結果《けっか》が出《だ》せそうだ。

その頃《ころ》、ロジータはしょんぼりとスーパーで買《か》い物《もの》をしていた。わたしって、なんてダメなんだろう。すぐめげちゃって。あんなにみんな、励《はげ》ましてくれたのに……。でも、ついつい恥《は》ずかしさが先《さき》に立《た》って、思《おも》いきり踊《おど》ることができない。

ロジータは大《おお》きなカートに食品《しょくひん》をつめた。何《なに》しろ二十五人《にじゅうごにん》もの子《こ》だくさんなので、すぐにカートがいっぱいになる。スーパーは人気《ひとけ》がなく、『もうすぐ閉店《へいてん》の時間《じかん》です』と、アナウンスが流《なが》れた。BGM《ビージーエム》にラテン系《けい》のノリのいい曲《きょく》がかかっている。

ロジータは、知《し》らず知《し》らずのうちに、音楽《おんがく》に合《あ》わせて体《からだ》を動《うご》かしていた。防犯《ぼうはん》カメラでそれを見《み》ていた警備員《けいびいん》は、ロジータのためにBGM《ビージーエム》の音量《おんりょう》をあげた。

リズミカルに踊《おど》りながら、ペッパーとソルトをカートに放《ほう》りこむ。誰《だれ》もいない通路《つうろ》を、フラメンコのように手《て》をたたきながら、ステップを踏《ふ》む。カートをぐるぐる回《まわ》しながら回《かい》転《てん》する。最後《さいご》は果物《くだもの》の山《やま》をとびこえ、両膝《りょうひざ》で床《ゆか》に着地《ちゃくち》して、両手《りょうて》を大《おお》きく広《ひろ》げた。フィニッシュ！

店内《てんない》アナウンスがふたたび流《なが》れた。

「六番通路《ろくばんつうろ》のお客様《きゃくさま》、奥《おく》さんのダンス最高《さいこう》だよ！」

それに続《つづ》いて、拍手《はくしゅ》と指笛《ゆびぶえ》が聞《き》こえた。ロジータは恥《は》ずかしそうに立《た》ちあがり、小《ちい》さく頭《あたま》を下《さ》げた。

やだ、わたしったら、いつの間《ま》に踊《おど》ってたのかしら？　音楽《おんがく》が聞《き》こえた瞬間《しゅんかん》、無意識《むいしき》のうちに、体《からだ》が反応《はんのう》していた。

そうだ！　これがグンターのいってたあれかしら。ええと……ボディとソウル？　考《かんが》えすぎないで、音楽《おんがく》に自然《しぜん》に身《み》をまかせたら、ステージでも踊《おど》れるかも。主婦《しゅふ》だからって、言《い》い訳《わけ》なんかしてる場合《ばあい》じゃない。コンテストなんだもの。

誰《だれ》よりも目立《めだ》ってやるわ！

# 30

「ムーンさん、本当《ほんとう》にこんなことしていいんですか？　犯罪《はんざい》じゃありません？」

夜《よる》の闇《やみ》にまぎれて、ミーナとバスターは、ホースを道路《どうろ》の消火栓《しょうかせん》につなごうとしていた。

「かまわないさ。でも、きみが質問《しつもん》を続《つづ》けるかぎり、永遠《えいえん》に仕事《しごと》は終《お》わらないぞ。よし、回《まわ》して」

ミーナは消火栓《しょうかせん》のハンドルを回《まわ》した。

オフィスに戻《もど》ると、ミーナは鼻《はな》を窓《まど》ガラスにつけ、一枚《いちまい》ずつガラスを吸《す》い取《と》ってはずしていった。ガラスが何枚《なんまい》も積《つ》みかさなった。

次《つぎ》はイカ・レストランに出《で》かけた。イカの入《はい》っている水槽《すいそう》に『イカのアルバイト募集《ぼしゅう》中《ちゅう》』のチラシを貼《は》っていると、レストランの給仕長《きゅうじちょう》のチンパンジーが怒《おこ》って店《みせ》の奥《おく》からあらわれた。

「おい、そこで何《なに》してる？」

「逃《に》げろ、ミーナ！」

ふたりは、一目散《いちもくさん》に駆《か》けだした。

劇場《げきじょう》に戻《もど》ると、バスターとミーナは窓《まど》からはずしたガラスでステージの奥《おく》の壁一面《かべいちめん》に水槽《すいそう》をつくっていった。できあがると、消火栓《しょうかせん》につないだホースから水槽《すいそう》に水《みず》を入《い》れた。よし、ここまでは成功《せいこう》だ。バスターは目《め》をかがやかせた。

翌朝《よくあさ》、ロジータの家《いえ》では、夫《おっと》のノーマンが妻《つま》に声《こえ》をかけていた。

「ぼくの車《くるま》のキーを見《み》なかったかい？　おい、ロジータ？」

けれど、答《こた》えはない。それどころか、妻《つま》の姿《すがた》が見《み》えない。朝早《あさはや》くに劇場《げきじょう》に出《で》かけていたのだ。

「おい、ロジータ！　どうなってるんだ？」

ノーマンは困《こま》りはて、子《こ》どもたちに尋《たず》ねた。

「みんな、ママはどこに行《い》った？」

と、床《ゆか》に落《お》ちていたボールを踏《ふ》んで、ノーマンは仰向《あおむ》けにひっくり返《かえ》った。ポーン。ボールが天井《てんじょう》の皿《さら》を回《まわ》すしかけに当《あ》たり、しかけのリズムがくるってしまった。ミルクが撒《ま》きちらされ、ノーマンは頭《あたま》からミルクまみれになった。

あわててシンクに頭《あたま》をつっこんでミルクを洗《あら》い流《なが》そうとしたが、皿《さら》を洗《あら》うしかけが作動《さどう》して、今度《こんど》は洗剤《せんざい》まみれになり、ノーマンはテーブルにすっとんでいった。ロジータ、いったいどうなってるんだ？


「ミス・クローリー、今度《こんど》はどうでした？」

ピアノを弾《ひ》きおえると、ジョニーはミス・クローリーに尋《たず》ねた。自分《じぶん》ではかなり上達《じょうたつ》したような気《き》がしていた。絶対《ぜったい》に賞金《しょうきん》をものにして、父《とう》さんを保釈《ほしゃく》させてやる！　その気持《きも》ちが、ジョニーを駆《か》りたてていた。

そこにミーナが通《とお》りかかった。

「ムーンさんからの伝言《でんごん》。ナナがくる前《まえ》に、ステージに集合《しゅうごう》ですって」

アッシュの歌《うた》を聞《き》いていたバスターは、目《め》をまるくした。今《いま》までのアッシュとまるでちがう。内側《うちがわ》からあふれる情感《じょうかん》がにじみ出《で》ている。ランスとの経験《けいけん》が、アッシュをひとまわり成長《せいちょう》させたのだ。

「その歌《うた》、きみがつくったの？」

「そう。気《き》に入《い》った？」

「気《き》に入《い》ったなんてもんじゃない。すばらしい！　今夜《こんや》はぜひ、その歌《うた》を歌《うた》ってくれ」

「マイク、トップバッターはきみだ」

バスターが声《こえ》をかけると、マイクは電話中《でんわちゅう》だった。相手《あいて》はガールフレンドのナンシーだ。

「了解《りょうかい》」

マイクはバスターに答《こた》えてから、電話口《でんわぐち》に戻《もど》った。

「だから、おれは忙《いそが》しいんだ。なんだって？　よく聞《き》こえないよ、ナンシー」

「ロジータにグンター。きみらはマイクのあとだ」

「わかりました、ボス」

ロジータはきっぱりバスターに告《つ》げた。

「ロジータ、あんた戻《もど》ってきたんだね〜!」

グンターはうれしそうに叫《さけ》んだ。

今日《きょう》のロジータは昨日《きのう》までの彼女《かのじょ》とはちがう。それは目《め》の表情《ひょうじょう》にもあらわれていた。

昨日《きのう》スーパーで踊《おど》ったとき、コツをつかんだような気《き》がしたのだ。頭《あたま》で考《かんが》えないで、体《からだ》を動《うご》かす。音楽《おんがく》に合《あ》わせて、自然《しぜん》に踊《おど》る。なんだか、今日《きょう》はうまくできそうな気《き》がしていた。

グンターは頼《たの》もしそうに、相棒《あいぼう》を見《み》た。


バスターは次々《つぎつぎ》に、出演《しゅつえん》の順番《じゅんばん》を決《き》めていった。

「ジョニー、きみは彼《かれ》らのあとだ」

『ギャング、逮捕《たいほ》される』という大見出《おおみだ》しの新聞《しんぶん》を読《よ》んでいたジョニーは、あわてて新聞《しんぶん》を閉《と》じた。

「え? ああ、わかりました」

「アッシュ、きみは……」

「ジョニーのあとね。了解《りょうかい》」

バスターは次《つぎ》にミーナに声《こえ》をかけた。

「ミーナ、最後《さいご》のチャンスをあげよう。今日《きょう》、みんなと一緒《いっしょ》にステージに立《た》たないか?」

「立《た》ちたいです。でも……」

ミーナはことばを濁《にご》した。

「やっぱり怖《こわ》くて」

そういって、視線《しせん》を落《お》とした。最後《さいご》のチャンスなのに。本当《ほんとう》にこれが最後《さいご》のチャンスなのに。それでいいの、ミーナ？　怖《こわ》がってばかりで、いいの？　後悔《こうかい》しない？

「そりゃ、そうだろう」

バスターがうなずいた。

「でも、どうすりゃ怖《こわ》さをのりこえられるか、わかってるだろ？　ただ歌《うた》えばいいのさ。自分《じぶん》の好《す》きなことをすれば、怖《こわ》さなんて関係《かんけい》ない。もう何《なに》も怖《こわ》くなくなる。だってもう歌《うた》っちゃってるんだから」

「そうかしら……」

ミーナは自信《じしん》がなさそうだった。

「きみは歌《うた》が好《す》きかい？」

「ええ、そりゃもう大好《だいす》きです」

「だったら、正面《しょうめん》から恐怖《きょうふ》と戦《たたか》い、打《う》ち勝《か》つんだ。ぼくの父《とう》さんが、よくこういってた。『恐怖《きょうふ》に負《ま》けて、夢《ゆめ》をあきらめるな』ってね」

恐怖《きょうふ》に負《ま》けて、夢《ゆめ》をあきらめるな。そのことばが、ミーナの胸《むね》にズシンとこたえた。そう、わたしの夢《ゆめ》は歌《うた》うこと。恐怖《きょうふ》に負《ま》けちゃ、だめ！

「わかりました。歌《うた》います！」

「いいぞ！　その調子《ちょうし》！」

そこに、ミス・クローリーがあらわれた。

「ムーンさん、あの方《かた》がお見《み》えになりました」

いよいよ、ナナがあらわれたのだ。バスターは緊張《きんちょう》した。

# 31

ピンクのリムジンが劇場前《げきじょうまえ》に到着《とうちゃく》した。

運転《うんてん》していたペンギンの執事《しつじ》がさっと後部座席《こうぶざせき》のドアをあけ、ナナがリムジンからおりた。羽根《はね》のついた帽子《ぼうし》をかぶり、大《おお》きなイヤリングが耳《みみ》もとで揺《ゆ》れている。ナナはまっすぐ劇場《げきじょう》を見《み》た。正面玄関前《しょうめんげんかんまえ》の階段《かいだん》には、赤《あか》い絨毯《じゅうたん》が敷《し》かれている。

玄関《げんかん》からバスターが両手《りょうて》を広《ひろ》げて、すっとんできた。

「ナナ！」

「わたくしを抱《だ》きしめようなんて、思《おも》わないで」

ナナは冷《つめ》たくいいはなつと、体《からだ》をよじってバスターの抱擁《ほうよう》から逃《のが》れた。こいつは、しょっぱなから手《て》ごわそうだ。気《き》を引《ひ》きしめてかからなくちゃ。バスターの緊張《きんちょう》が、高《たか》まった。

「わかりました。エディ、ナナをロイヤルボックスまでご案内《あんない》してくれ」

ロイヤルボックスとは、特別《とくべつ》なお客《きゃく》のための貴賓席《きひんせき》のことだ。エディがナナに手《て》をさしのべようとした。

「やめてちょうだい。支《ささ》えてもらわなくても、ひとりで歩《ある》けるわ」

ナナはツンとして、さっさと歩《ある》きだした。

エディがバスターに尋《たず》ねた。

「緊張《きんちょう》してない？」

「ご冗談《じょうだん》。緊張《きんちょう》しすぎてチビりそうだよ」

バスターたちが劇場《げきじょう》に入《はい》ったあと、一台《いちだい》の黄色《きいろ》いトラックが通《とお》りかかった。のっているのは、クラブのボス・ベアをはじめとするクマたちだ。彼《かれ》らは、路上《ろじょう》に駐車《ちゅうしゃ》しているマイクの赤《あか》いオープンカーに目《め》をつけた。

「ボス、あのネズミ野郎《やろう》の車《くるま》です。まちがいねぇ」

「よし、車《くるま》を停《と》めろ」


ミス・クローリーが、ロイヤルボックスに紅茶《こうちゃ》を運《はこ》んだ。

「ムーンさんから中国茶《ちゅうごくちゃ》です。ど、どう……」

〝どうぞ〟といい終《お》わらないうちに、ミス・クローリーはくしゃみをした。ハックション！　その拍子《ひょうし》に、ティーカップがたおれ、紅茶《こうちゃ》がナナのドレスにとびちった。

「……どうも、ありがとう」

信《しん》じられない！　といった顔《かお》で眉《まゆ》をつりあげ、ナナは皮肉《ひにく》をいった。


「ナンシー、ショーが始《はじ》まるんだ」

マイクは劇場前《げきじょうまえ》で、ひそひそ携帯電話《けいたいでんわ》で話《はな》していた。相手《あいて》は、今度《こんど》もガールフレンドのナンシーだ。

「わかってくれよ。今《いま》は話《はな》せないんだ。もう行《い》かないと。もちろん、愛《あい》してるよ。そうでなかったら、ダイヤのイヤリングなんて買《か》いっこ――」

そこにボス・ベアがのっそりとあらわれ、マイクをつまみあげた。

「おれの金《かね》はどこだ？」

このあいだ、マイクがポーカーのイカサマで巻《ま》きあげた金《かね》のことだ。

ゲッ、まずい。マイクは真《ま》っ青《さお》になった。

「わかった、わかった。聞《き》いてくれよ。あの金《かね》は……なんていうか……全部《ぜんぶ》使《つか》っちまったんだ」

それを聞《き》くなり、ボス・ベアはマイクを食《た》べようと、口《くち》に近《ちか》づけた。マイクはあせった。

「いや、待《ま》って。ちゃんと返《かえ》すから。十万《じゅうまん》ドル手《て》に入《い》れることになってるんだ」

マイクの言《い》い訳《わけ》を聞《き》いて、ボス・ベアはせせら笑《わら》った。

「どこでそんな金《かね》、手《て》に入《い》れられるっていうんだ？」

「ムーンだ。あいつが金《かね》を持《も》ってる」

「そのムーンって野郎《やろう》は、どこのどいつだ？」

ボス・ベアはすごんだ。

# 32

　赤《あか》い幕《まく》にスポットライトが当《あ》たり、三日月《みかづき》にのったバスターを照《て》らしだす。バスターは挨拶《あいさつ》をした。

「ご来場《らいじょう》のみなさま。ムーン劇場《げきじょう》にようこそ！　この劇場《げきじょう》の支配人《しはいにん》、バスター・ムーンです。それは……えー……その……あの」

　緊張《きんちょう》のあまり、ことばにつまるバスターを見《み》て、エディは頭《あたま》をかかえた。アッチャー。こんなんで、この先大丈夫《さきだいじょうぶ》だろうか？

「ええ、コホン。ご注目《ちゅうもく》ください。オープニングはまず、イカによる光《ひかり》のショーです！」

　おおっ！　幕《まく》があくと同時《どうじ》に、舞台袖《ぶたいそで》にいる出場者《しゅつじょうしゃ》たちから歓声《かんせい》があがった。暗闇《くらやみ》に包《つつ》まれたステージの背景《はいけい》で、光《ひかり》の輪《わ》が花火《はなび》のように広《ひろ》がっていく。ミーナとバスターでつくった水槽《すいそう》の中《なか》で、イカが光《ひかり》を放《はな》っているのだ。

バスターは三日月《みかづき》からガラス張《ば》りのステージにとびおり、ステップを踏《ふ》みはじめた。それに合《あ》わせて、ステージの下《した》に仕込《しこ》んだイカたちも光《ひか》りながら踊《おど》った。背景《はいけい》とステージの光《ひかり》の競演《きょうえん》だ。

「ご覧《らん》のとおり、ここはただの劇場《げきじょう》ではありません。奇跡《きせき》と魔法《まほう》に満《み》ちた宮殿《きゅうでん》なのです」

「すごいや！　バスターはすごい！　ね、おばあちゃん？」

エディは興奮《こうふん》して、ナナに顔《かお》を向《む》けた。

「やるわね」

ナナもこの光《ひかり》の演出《えんしゅつ》には感心《かんしん》しているらしい。

「それでは、最初《さいしょ》の出場者《しゅつじょうしゃ》を迎《むか》えましょう！」

バスターは高《たか》らかに告《つ》げた。そのときだった。劇場《げきじょう》のドアがバタンとあき、ボス・ベアがあらわれたのだ。手《て》にネズミのマイクをつかんでいる。

「ムーンってのは、どいつだ？」

「おい、関係者以外《かんけいしゃいがい》は立《た》ち入《い》り禁止《きんし》だぞ」

バスターが声《こえ》を荒《あら》らげると、ボス・ベアはマイクをさしだした。

「こいつを知《し》ってるか？」

「マイク？」

「こいつの話《はなし》じゃ、あんたがやつの金《かね》を持《も》ってるそうだな。そのトランクに入《はい》ってるらしいじゃないか」

ボス・ベアはつかつかとステージにあがり、バスターの背後《はいご》にあるトランクに近《ちか》づこうとした。

「ちょっと待《ま》て」

バスターはあわてた。

「中身《なかみ》は賞金《しょうきん》だ。コンテストで優勝《ゆうしょう》しないかぎり、マイクのものじゃない」

「やつに渡《わた》してくれ！」

ボス・ベアにつかまれたマイクが、悲痛《ひつう》な声《こえ》で叫《さけ》んだ。バスターも、ようやくことの重大《じゅうだい》さがわかった。

「わかった、わかったよ。トランクごと持《も》ってってくれ。あんたにやる。それでいいだろ？」

どうせ、中身《なかみ》は千《せん》ドルにも満《み》たない金《かね》と、どうでもいいような品《しな》ばかりだ。くれてやったって、かまわない。

「トランクをあけろ」

ボス・ベアにすごまれ、バスターはひるんだ。まずい！　十万《じゅうまん》ドル入《はい》ってないのがバレちゃうじゃないか。

「……いや、それは」

ことばを濁《にご》していると、マイクが泣《な》きそうな声《こえ》でいった。

「頼《たの》む、あけてくれ！」

バスターは、じりじりとトランクにあとずさりながら、なんとか時間《じかん》を稼《かせ》ごうとした。

「それが……今《いま》、カギを持《も》ってなくて、だから出《で》なおしてくれない？」

「邪魔《じゃま》だ、どけ！」

ボス・ベアは乱暴《らんぼう》にバスターをどかすと、トランクに手《て》をかけた。

「ダメダメ、待《ま》って！」

バスターは必死《ひっし》に止《と》めようとしたが、無理《むり》だった。ボス・ベアは両手《りょうて》でトランクをたたきわった。

「なんだ、こりゃ？」

トランクの中身《なかみ》を見《み》たボス・ベアとマイクは、目《め》をみはった。中《なか》に入《はい》っているのは、ガラクタばかり。十万《じゅうまん》ドルなんて、どこにある？

「金《かね》はどうした？　この嘘《うそ》つき！」

マイクはバスターをにらんだ。舞台袖《ぶたいそで》のミーナ、ジョニー、ロジータ、グンター、アッシュも驚《おどろ》きのあまり、声《こえ》も出《で》ないでいる。十万《じゅうまん》ドルが嘘《うそ》だったなんて……バスターに騙《だま》されていたのか？

「み、みんな。これにはわけがあるんだ」

バスターは、なんとかして言《い》い訳《わけ》を考《かんが》えようとした。が、ボス・ベアたちばかりか、出《しゅっ》場者《じょうしゃ》たちまでもが、険《けわ》しい顔《かお》でじりじりと迫《せま》ってくる。

「だったら、十万《じゅうまん》ドルはどこにあるんだ？」

ジョニーがいうと、ロジータも続《つづ》けた。

「嘘《うそ》でしょ？」

「信《しん》じられない。最初《さいしょ》からおれたちを騙《だま》していたのか？」

ジョニーは、今《いま》にも殴《なぐ》りかかりそうな勢《いきお》いだ。横《よこ》でアッシュも、ぼそっとつぶやいた。

「とんだ詐欺師《さぎし》だこと」

「いや、騙《だま》してたわけじゃなくて……」

そのとき、背景《はいけい》の水槽《すいそう》がピシッと音《おと》を立《た》てた。ガラスにひびが入《はい》り、裂《さ》け目《め》から水《みず》が噴《ふ》きでてくる。

# 33

「危《あぶ》ない！」

ロイヤルボックスから、エディが叫《さけ》ぶ。

背景《はいけい》のガラスが水圧《すいあつ》に耐《た》えきれず、ついに割《わ》れ、水《みず》が一気《いっき》に噴《ふ》きだした。まるで滝《たき》のようだ。ステージばかりか一階《いっかい》の客席《きゃくせき》まで、どんどん水浸《みずびた》しになっていく。

ステージにいたみんなは、逃《に》げる間《ま》もなく、押《お》し流《なが》されていった。バスターは客席《きゃくせき》につかまってなんとか踏《ふ》ん張《ば》った。

「ウワー！」

「キャー！」

悲鳴《ひめい》が響《ひび》く。

水槽《すいそう》が破裂《はれつ》し、楽屋《がくや》にも水《みず》が流《なが》れこんだ。バスターは水《みず》に逆《さか》らってステージまで泳《およ》いだ。

「挟《はさ》まっちゃった！」

ミーナが入《い》り口《ぐち》に挟《はさ》まり、出口《でぐち》を失《うしな》った水《みず》が劇場内《げきじょうない》にあふれる。水位《すいい》がぐんぐんあがって、いまにも天井《てんじょう》に届《とど》きそうな勢《いきお》いだ。

「劇場《げきじょう》がこわれる！」

エディはナナを連《つ》れて、急《いそ》いで逃《に》げた。

バスターはステージ裏《うら》に行《い》き、落《お》ちてくる舞台装置《ぶたいそうち》をよけながら、やっとのことでオフイスに戻《もど》った。

「こらえろ、ぼくの劇場《げきじょう》！」

必死《ひっし》に願《ねが》った。父《とう》さんがつくってくれた劇場《げきじょう》だ。こんなことで、ダメにしてたまるか！

だが祈《いの》りも虚《むな》しく、オフィスの壁《かべ》にもひびが入《はい》りはじめた。


水圧《すいあつ》に負《ま》けてミーナが外《そと》に押《お》し出《だ》されたのをきっかけに、劇場内《げきじょうない》の水《みず》が一気《いっき》に外《そと》へ。出場者《しゅつじょうしゃ》たちもそれぞれ劇場《げきじょう》の外《そと》まで押《お》し流《なが》された。ゲホゲホ。みんな道路《どうろ》で激《はげ》しく咳《せ》きこんだ。危《あや》うく、おぼれ死《じ》ぬところだった。まさか、こんな目《め》にあうなんて。

「大丈夫《だいじょうぶ》か、みんな？」

こわれかけた劇場《げきじょう》からあらわれたバスターが、みんなに声《こえ》をかけた。ふと見《み》ると、ナナがエディとともにリムジンにのりこもうとしている。

「ナナ！」

バスターは声《こえ》を張《は》りあげた。

「こんなことになって、すみません。ぼくは……」

けれどナナは前《まえ》を向《む》いたまま、何《なに》もいわずにリムジンの中《なか》に消《き》えた。ああ、ナナにせっかくショーを見《み》てもらえるチャンスだったのに……バスターは肩《かた》を落《お》とした。

「誰《だれ》か、わたしのガラスの目玉《めだま》を見《み》なかった？」

呆然《ぼうぜん》としているバスターの前《まえ》を、ミス・クローリーがうろうろと歩《ある》いた。

「ここだよ」

バスターは義眼《ぎがん》を拾《ひろ》って渡《わた》した。と、そのとき、ミシミシきしむ音《おと》とともに、ついに劇《げき》場全体《じょうぜんたい》が崩《くず》れてしまった。土《つち》ぼこりが舞《ま》うなか、『ムーン劇場《げきじょう》』の看板《かんばん》が落《お》ちて粉々《こなごな》になるのを見《み》て、バスターは胸《むね》がつぶれそうだった。あとに残《のこ》ったのは、看板《かんばん》の上《うえ》の飾《かざ》りだけだ。

埃《ほこり》が消《き》え、みんなの目《め》に映《うつ》ったのは、瓦礫《がれき》と化《か》した劇場《げきじょう》だった。誰《だれ》もがことばもなく、その無残《むざん》な姿《すがた》を見《み》つめた。

バスターは瓦礫《がれき》の中《なか》を、とぼとぼと歩《ある》いた。ふとあるものが目《め》に入《はい》った。父《とう》さんのバケツだ！　バスターの劇場《げきじょう》をつくるために、父《ちち》が洗車係《せんしゃがかり》として一生懸命《いっしょうけんめい》働《はたら》いたバケツ……父《ちち》から息子《むすこ》への夢《ゆめ》をつないだバケツ……。

父《とう》さん、ごめん。父《ちち》と子《こ》の夢《ゆめ》が、こんな形《かたち》でこわれるなんて……バスターはひたすら胸《むね》の中《なか》で、父親《ちちおや》に謝《あやま》った。

こうして『ムーン劇場《げきじょう》』は、文字《もじ》どおり幕《まく》を閉《と》じたのだった。


「マイクはどこに行《い》った？」

下水道《げすいどう》に隠《かく》れていたマイクの耳《みみ》に、道路《どうろ》からボス・ベアの声《こえ》が聞《き》こえた。

「死《し》んだんじゃないっすか？」

手下《てした》のチンピラの答《こた》える声《こえ》がする。

「ちっ。よし、ずらかるぞ」

ふうっ、助《たす》かった。マイクは胸《むね》を撫《な》でおろした。

# 34

ロジータは頭《あたま》からバスタオルをかぶり、とぼとぼと家《いえ》に向《む》かった。

「ママー、どこにいるの？」

遠《とお》くから子《こ》どもの呼《よ》ぶ声《こえ》がする。どうしたのかしら？　ロジータは急《いそ》いで家《いえ》に走《はし》った。

まあ、たいへん！

庭《にわ》の洗濯干《せんたくほ》しのロープに、子《こ》ども全員《ぜんいん》と夫《おっと》のノーマンが、逆《さか》さになってぶら下《さ》がっているではないか。ロジータの発明《はつめい》した自動洗濯干《じどうせんたくほ》しにまちがって引《ひ》っかかったにちがいない。

「待《ま》ってて、すぐ行《い》くから！」

まったく、今日《きょう》はなんて日《ひ》なのかしら！

ミーナは家《いえ》のベッドに横《よこ》たわり、鼻《はな》をかんでいた。おじいさんが温《あたた》かい飲《の》み物《もの》の入《はい》ったカップを手《て》に、部屋《へや》に入《はい》ってきた。テレビからは、今日《きょう》の出来事《できごと》を伝《つた》えるニュースが流《なが》れている。

〈ここが崩壊現場《ほうかいげんば》です〉

崩《くず》れた劇場《げきじょう》の前《まえ》に、イヌのリポーターが立《た》っている。

〈こんな大惨事《だいさんじ》で死者《ししゃ》が出《で》なかったのは、奇跡《きせき》としかいいようがありません〉

ジョニーは刑務所《けいむしょ》の面会室《めんかいしつ》にいた。十万《じゅうまん》ドルが夢《ゆめ》と消《き》えた今《いま》、父親《ちちおや》に謝《あやま》らなくてはならない。けれど、いつまで待《ま》ってもビッグ・ダディはあらわれなかった。やがてジョニーはあきらめ、背中《せなか》をまるめて面会室《めんかいしつ》から出《で》ていった。

ギターケースをかかえて道《みち》を歩《ある》いていたアッシュは、通《とお》りすがりのライブハウスから聞《き》き覚《おぼ》えのある声《こえ》がすることに気《き》づいた。ふと店内《てんない》に目《め》をやると、ランスがベティとデュエットしている。アッシュは顔《かお》をそむけ、その場《ば》を走《はし》り去《さ》った。

瓦礫《がれき》だらけの劇場《げきじょう》の跡地《あとち》に、銀行《ぎんこう》のジュディスが立《た》っていて、看板《かんばん》を立《た》てている。そこには、こう記《しる》されていた。

『ＳＦＪ銀行《エスエフジェイぎんこう》 所有不動産《しょゆうふどうさん》』

バスターはエディのプールハウスに身《み》を隠《かく》し、どんな取材《しゅざい》にも応《おう》じなかった。いや、何《なに》も語《かた》る気《き》にはなれなかったのだ。今《いま》のバスターは、からっぽだった。夢《ゆめ》も希望《きぼう》も、生《い》きる力《ちから》すらなくしていた。

テレビでは、『ムーン劇場《げきじょう》』でなぜ事故《じこ》が起《お》きたかを報道《ほうどう》している。そんなこと、テレビで教《おし》えてもらわなくても、バスターには痛《いた》いほどわかっている。

すべてはイカの水槽《すいそう》が原因《げんいん》だ。イカの光《ひかり》を背景《はいけい》に使《つか》うというアイデアはよかったのだが

……オフィスの窓《まど》ガラスでつくった急《きゅう》ごしらえの水槽《すいそう》が、水圧《すいあつ》に耐《た》えきれなかったのだ。

トントン。ノックの音《おと》がする。ぼんやりテレビを見《み》ていたバスターは、ソファでうたた寝《ね》をしているエディに声《こえ》をかけた。

「エディ、誰《だれ》かお客《きゃく》さんだよ」

けれどエディは、起《お》きる気配《けはい》はない。ちらっと窓《まど》を見《み》ると、ブラインドに訪問者《ほうもんしゃ》たちのシルエットが映《うつ》っている。それを見《み》て、バスターは顔《かお》をしかめた。

「嘘《うそ》だろ？」

今《いま》、いちばん会《あ》いたくない連中《れんちゅう》、ショーの出場者《しゅつじょうしゃ》たちだ。

「ムーンさん？」

ミス・クローリーの声《こえ》がする。

「友《とも》だちの家《いえ》になんか隠《かく》れてないで、出《で》ておいでよ」

と、アッシュ。続《つづ》いてロジータも呼《よ》びかけた。

「そうよ。わたしたち、あなたが元気《げんき》か知《し》りたいだけなの」

やれやれ、しかたない。バスターはしぶしぶドアをあけた。ジョニーやグンター、ミーナの顔《かお》も見《み》える。

「ムーンさん」

ロジータがほっとした顔《かお》になった。

「大丈夫《だいじょうぶ》？」

ジョニーも心配《しんぱい》そうだ。みんなが無事《ぶじ》でいたのは何《なに》よりだが、今《いま》のムーンは同情《どうじょう》されるのが、何《なに》よりつらかった。

「みんな、今回《こんかい》のことは、本当《ほんとう》にすまない。賞金《しょうきん》のことも、なんていったらいいか……」

「そんなこと、どうでもいいわ」

ロジータがやさしくいった。

「いいや、よくない」

「みんな、無事《ぶじ》だったんだから」

アッシュがいうと、ロジータが意《い》を決《けっ》したように続《つづ》けた。

「わたしたち、ショーができる場所《ばしょ》を探《さが》して、続《つづ》きをやるつもりよ。そうでしょ？」

みんな、いっせいにうなずいた。

「……ぼくはもう、終《お》わったんだ」

バスターはうつむいた。ロジータたちは耳《みみ》を疑《うたが》った。まさか、あのバスターの口《くち》から、そんなことばを聞《き》こうとは。

「なんだよ、それ」

「わけわかんない」

ジョニーとアッシュが同時《どうじ》に抗議《こうぎ》した。バスターは手《て》にした新聞《しんぶん》をさしだした。

「見《み》てくれ、これを。ぼくは〝社会《しゃかい》にとって危険《きけん》な存在《そんざい》〟だと書《か》かれている。〝大《おお》ボラ吹《ふ》きで、なんの役《やく》にも立《た》たないペテン師《し》。ヒット作《さく》を一本《いっぽん》もつくれない〟」

「そんな記事《きじ》、信《しん》じないわ」

ロジータが鼻息《はないき》を荒《あら》くした。

「いや、このとおりさ」

バスターはドアを閉《し》めようとした。ジョニーがそれをさえぎった。

「ムーンさん、何《なに》かを失《うしな》ったのは、おれたちも同《おな》じだ。おれは父《とう》さんに口《くち》をきいてもらえなくなった」

「すまない」

バスターはもう一度《いちど》ドアを閉《し》めた。

「ムーンさん、お願《ねが》い……」

ロジータがいったが、ジョニーが首《くび》を振《ふ》った。

「もうムダだよ。何《なに》を言《い》っても」

「どうしちゃったんだろ？」

グンターが声《こえ》を荒《あら》らげた。

「もういいよ、帰《かえ》ろう」

アッシュが寂《さび》しそうにつぶやいた。

# 35

バスターが床《ゆか》のクッションに横《よこ》たわっていると、表《おもて》からミーナの声《こえ》がした。
「ムーンさん」

「ミーナ、もう帰《かえ》ってくれ。ほっといてほしいんだ」

ドアをあけ、ミーナは静《しず》かに告《つ》げた。

「あの……ケーキを焼《や》いてきたの。今《いま》は頑張《がんば》る気《き》にもならないと思《おも》うけど。悲《かな》しいだろうし、怖《こわ》いだろうし」

「ああ怖《こわ》い。新聞《しんぶん》に真実《しんじつ》を書《か》かれて怖《こわ》がってる」

バスターはクッションから身《み》を起《お》こした。

「これが今《いま》のぼくだ。父《とう》さんが期待《きたい》したぼくとは大《おお》ちがいさ」

「でも、わたしにいってくれたじゃない？」

「ぼくが？　なんて？」

「〝恐怖《きょうふ》に負《ま》けて、夢《ゆめ》をあきらめるな〟って」

ミーナは一語《いちご》ずつ噛《か》みしめるようにいった。そのことばが、どれだけ自分《じぶん》を励《はげ》ましてくれたか。今度《こんど》は自分《じぶん》がバスターの力《ちから》になりたかったのだ。

「我《われ》ながら、くだらないセリフだな」

バスターは吐《は》き捨《す》てた。

「そんなことない」

ミーナは首《くび》を振《ふ》った。

「きみは、本気《ほんき》で自分《じぶん》が歌手《かしゅ》になれると思《おも》ってるのか？」

「……ええ、たぶんなれると……」

「だったら、ぼくと同《おな》じ大《おお》バカだな」

バスターはじっとミーナを見《み》た。その目《め》の鋭《するど》さに、ミーナはひるんだ。

「いいか。ぼくやきみの恐怖《きょうふ》には理由《りゆう》がある」

そこでバスターは、うつむいた。

「本当《ほんとう》はわかってるからさ。夢《ゆめ》なんか、叶《かな》わないって。自分《じぶん》には才能《さいのう》がないって」

そんな！　ミーナは手《て》にしたケーキの箱《はこ》を床《ゆか》にたたきつけると、その場《ば》から走《はし》って去《さ》った。一度《いちど》は自分《じぶん》に夢《ゆめ》を与《あた》えてくれたバスターの口《くち》から、あんなことばを聞《き》くなんて！　ひどい、ひどいわ！

プールハウスのソファでエディが寝《ね》ていると、携帯電話《けいたいでんわ》の着信音《ちゃくしんおん》が鳴《な》った。相手《あいて》はバスターだった。

「エディ、レミントン通《どお》りの角《かど》にきてくれないか？」

「今《いま》かい？」

エディはあくびまじりに答《こた》えた。

「ああ、頼《たの》む。あとひとつ、海水《かいすい》パンツ貸《か》してくれないか？」

「海《かい》パン？」

エディの目《め》がまるくなった。

自分《じぶん》の高級車《こうきゅうしゃ》を運転《うんてん》してエディがレミントン通《どお》りに行《い》くと、『ムーンの洗車屋《せんしゃや》』と書《か》かれた木《き》の看板《かんばん》があった。看板《かんばん》の陰《かげ》では、ミス・クローリーがバケツを手《て》に、ちょこまか動《うご》いている。

「ミス・クローリー」

「おやまあ、エディさん。こんにちは」

「頼《たの》んだ海水《かいすい》パンツ、持《も》ってきてくれたかい？」

バスターがあらわれ、声《こえ》をかけた。

「持《も》ってきたよ、ほれ」

エディがポケットから海水《かいすい》パンツを取《と》り出《だ》すと、

「ありがとう。やっぱり友《とも》だちだ」

バスターはいつになく、お礼《れい》をいった。そこに一台《いちだい》の車《くるま》が停《と》まった。

「初《はじ》めてのお客様《きゃくさま》ですよ！」

ミス・クローリーが、子《こ》どものように声《こえ》を弾《はず》ませた。

「何《なに》をする気《き》？」

エディは首《くび》をかしげた。その顔《かお》に、バスターは自分《じぶん》が着《き》ていたシャツを投《な》げつけた。

「自分《じぶん》にできることを、するまでだ」

プップーッ。車《くるま》がせかすようにクラクションを鳴《な》らす。

「今《いま》、お待《ま》ちを」

バスターはゴーグルをつけた。いつの間《ま》にか、海水《かいすい》パンツ一丁《いっちょう》になっている。

「こんな姿《すがた》、父《とう》さんに見《み》せられないよ」

といって、ため息《いき》をついた。その姿《すがた》に、ミス・クローリーがバケツの水《みず》をかける。

「さあ、仕事《しごと》を始《はじ》めるか。またな、エディ」

ぐっしょり濡《ぬ》れたバスターは、客《きゃく》の車《くるま》のフロントガラスにとびのり、全身《ぜんしん》を使《つか》ってゴシゴシとガラスをみがいた。エディはショックを受《う》けた。あのプライドの高《たか》いバスターが、こんなことまでするとは。

自分《じぶん》の車《くるま》に戻《もど》ってエンジンをかけた。見《み》ていられなかったのだ。

「こら、モタモタするな」

客《きゃく》のワニのドライバーが、バスターに怒鳴《どな》った。

「もういい。日《ひ》が暮《く》れちまうよ」

ドライバーは車《くるま》を急発進《きゅうはっしん》させた。バスターは車《くるま》から振《ふ》りおとされ、道路《どうろ》にたたきつけられた。見《み》かねて、エディは自分《じぶん》の車《くるま》からおりた。

次《つぎ》の車《くるま》があらわれた。

「ちょっとお待《ま》ちください」

エディはドライバーに声《こえ》をかけ、道路《どうろ》にころがっているバスターを見下《みお》ろした。

「前《まえ》にいってたじゃないか。『どん底《ぞこ》に落《お》ちたら、あとは上《あ》がるだけだ』って」

そういってバスターを地面《じめん》から起《お》こすと、エディは着《き》ていたシャツを脱《ぬ》いだ。

「きみは車《くるま》を洗《あら》え。ぼくは拭《ふ》くから」

こうして、バスターとエディの共同作業《きょうどうさぎょう》が始《はじ》まった。バスターは車《くるま》を洗《あら》い、エディはヒツジの毛《け》を生《い》かして、水《みず》を拭《ふ》いた。ミス・クローリーはせっせとバケツで水《みず》を運《はこ》ぶ。次々《つぎつぎ》と客《きゃく》があらわれたが、三人《さんにん》は手際《てぎわ》よくさばいていった。

『ムーンの洗車屋《せんしゃや》』は、大繁盛《だいはんじょう》となった。

新《あら》たな客《きゃく》の車《くるま》のフロントガラスを磨《みが》いていたとき、バスターはふと動《うご》きを止《と》めた。

どこからか、歌声《うたごえ》がする……。

バスターはフロントガラスからおりた。

「バスター、どこに行《い》くんだ？」

うしろからエディが呼《よ》びとめたが、バスターはまるで歌声《うたごえ》に導《みちび》かれるように、歩《ある》いていった。

# 36

歌声《うたごえ》は、劇場《げきじょう》の瓦礫《がれき》のほうから聞《き》こえる。バスターは瓦礫《がれき》の山《やま》をのりこえていった。自《じ》分《ぶん》の目《め》を疑《うたが》った。

劇場《げきじょう》の跡地《あとち》の真《ま》ん中《なか》に立《た》って歌《うた》っていたのは、ミーナだった。ヘッドフォンをつけているので、バスターが近《ちか》づいているのも気《き》づかない様子《ようす》だ。

「ハレルヤー、ハレルーヤー！」

なんて心《こころ》にしみる歌声《うたごえ》なんだろう。バスターは、うっとりと聞《き》きほれた。ミーナにこんな才能《さいのう》があったとは！　うれしい驚《おどろ》きだ。

歌《うた》いおわって目《め》をあけたミーナは、近《ちか》くにバスターが立《た》っていることに気《き》づき、びっくりした。

「ミーナ」

バスターは声《こえ》をかけた。

「観客《かんきゃく》の前《まえ》でも、今《いま》のように歌《うた》えるかい？」

ミーナの歌《うた》を聞《き》いて、失《うしな》われていた情熱《じょうねつ》がバスターの中《なか》でよみがえってきた。それほど
ミーナの歌《うた》は、心《こころ》に訴《うった》えかけるものだったのだ。

もう一度勝負《いちどしょうぶ》したい。劇場《げきじょう》なんて、なくてもいい。自分《じぶん》のために集《あつ》まってくれた仲間《なかま》た
ちの歌《うた》をお客《きゃく》さんに聞《き》いてほしい。ステージと客席《きゃくせき》が一体《いったい》となったショーを開《ひら》きたい！

お客《きゃく》さんの前《まえ》で歌《うた》う？　今度《こんど》はミーナがびっくりする番《ばん》だった。

「わからない……でも、歌《うた》ってみたい」

「やり直《なお》すって？　本当《ほんとう》？」
電話口《でんわぐち》でロジータは声《こえ》を弾《はず》ませた。携帯電話《けいたいでんわ》を片手《かたて》に持《も》ち、もう一方《いっぽう》の手《て》に子《こ》どもをひ
とりかかえて、居間《いま》に入《はい》った。ノーマンがソファにだらしなく横《よこ》たわり、いびきをかいて
いる。
「わかったわ。今《いま》すぐ行《い》く！」
ロジータは子《こ》どもをノーマンの腹《はら》にのせ、家《いえ》をとびだした。
ガレージでサンドバッグをたたいていたジョニーの上着《うわぎ》のポケットから、携帯電話《けいたいでんわ》の着《ちゃく》

信音《しんおん》がした。

「もしもし？」

ジョニーは気《き》のりのしない声《こえ》で、電話《でんわ》に出《で》た。その目《め》が、ぱっとかがやく。

「ムーンさんが？　本当《ほんとう》に？」

ジョニーはスケートボードにのって、猛《もう》スピードで目的地《もくてきち》に向《む》かった。


バスターがもう一度《いちど》、やる気《き》になった！　その知《し》らせは、仲間《なかま》たちを奮《ふる》いたたせた。アッシュは急《いそ》いで電車《でんしゃ》からとびおり、グンターもいつもの金《きん》ぴかのスーツ姿《すがた》で公園《こうえん》を突《つ》っ切《き》っていった。ミス・クローリーは〝ライブ・ショー〟と印刷《いんさつ》されたポスターを、あちこちに貼《は》りまくった。


崩壊《ほうかい》した劇場《げきじょう》の前《まえ》では、イヌのリポーターが、バスターが一面《いちめん》に載《の》った新聞《しんぶん》を手《て》に、こう告《つ》げていた。

〈人呼《ひとよ》んで、〝史上最低《しじょうさいてい》のショーマン〟、〝歩《ある》く災害《さいがい》〟、〝危険人物《きけんじんぶつ》〟ともいわれています。そのバスター・ムーン氏《し》が、明日《あした》の夜《よる》、ライブ・ショーを開《ひら》くそうです。おそらくその汚《お》名《めい》はショー・ビジネス界《かい》に残《のこ》ることになるでしょう。ど素人《しろうと》の歌《うた》い手《て》数人《すうにん》を連《つ》れ、劇場《げきじょう》を崩壊《ほうかい》させたショーを懲《こ》りずに再演《さいえん》するのですから〉

ロジータが青写真《あおじゃしん》を広《ひろ》げた。それをもとに、仲間《なかま》たちは劇場《げきじょう》の再建《さいけん》にのりだした。

ミーナは長《なが》い鼻《はな》を使《つか》って、ロープを頭上《ずじょう》の足場《あしば》に引《ひ》っかけた。ロープの一方《いっぽう》の端《はし》を唯一《ゆいいつ》残《のこ》っていた看板《かんばん》の上《うえ》の飾《かざ》りに結《むす》びつけ、もう一方《いっぽう》の端《はし》をジョニーの車《くるま》の荷台《にだい》に結《むす》びつけた。

ジョニーがゆっくり車《くるま》を発進《はっしん》させると、飾《かざ》りが持《も》ちあがり、足場《あしば》まで引《ひ》っぱりあげられた。

ロジータは赤《あか》い幕《まく》を吊《つ》るした。バスターはエディと組《く》んで、いくつものランタンがぶら下《さ》がった綱《つな》を張《は》る係《かかり》だ。椅子《いす》を運《はこ》んだり、天井《てんじょう》に板《いた》を渡《わた》したり……。体力《たいりょく》がある者《もの》は力仕《ちからし》事《ごと》、小《ちい》さな者《もの》は細《こま》かな仕事《しごと》と、みんながそれぞれの作業《さぎょう》を懸命《けんめい》にこなした。

もちろん、練習《れんしゅう》も忘《わす》れていない。作業《さぎょう》のかたわら、ロジータとグンターはダンス、ジョニーはピアノの特訓《とっくん》をした。アッシュも無心《むしん》にギターをかき鳴《な》らしている。

やがてみんなの努力《どりょく》が実《みの》り、野外劇場《やがいげきじょう》ができあがった。もちろん、以前《いぜん》のようにはいかないが、それでもステージと客席《きゃくせき》はできた。これで充分《じゅうぶん》だ。

# 37

バスターは新《あたら》しい劇場《げきじょう》に、ムーン劇場《げきじょう》のオープニングの写真《しゃしん》を飾《かざ》った。父親《ちちおや》を始《はじ》め、ミス・クローリーやエディもいる写真《しゃしん》だ。父《とう》さん、見《み》てくれ。ぼくの新《あたら》しい劇場《げきじょう》だ。父《とう》さんのつくってくれた劇場《げきじょう》とは比《くら》べものにならないけど、仲間《なかま》と一緒《いっしょ》につくった手《て》づくりの劇場《げきじょう》だ。ぼくの自慢《じまん》だよ、父《とう》さん。

マイクがこっそり戻《もど》ってきた。もとはといえば、自分《じぶん》のせいでボス・ベアたちがあらわれ、あんな騒《さわ》ぎとなったのだ。肩身《かたみ》がせまい。けれど、バスターはそんなことは気《き》にしていなかった。

「きみが無事《ぶじ》でよかったよ」

やさしく声《こえ》をかけられ、マイクはほっと胸《むね》を撫《な》でおろした。

「ところで、今度《こんど》こそ十万《じゅうまん》ドル出《で》るんだろう？」

マイクは厚《あつ》かましく尋《たず》ねた。

「金《かね》は出《で》ない。今度《こんど》はコンテストじゃなく、歌《うた》うだけだから」

バスターは腕時計《うでどけい》を見《み》た。

「よし、本番二分前《ほんばんにふんまえ》！」

「歌《うた》うだけだって？　ご冗談《じょうだん》を」

バスターがいなくなったあと、マイクはその場《ば》に残《のこ》って肩《かた》をすくめた。

「おれは帰《かえ》るぜ」


「ハロー、今《いま》からショーが始《はじ》まるの」

ミス・クローリーは劇場前《げきじょうまえ》でメガホンを口《くち》に当《あ》て、通《とお》りすがりの動物《どうぶつ》たちを呼《よ》びとめた。

「最高《さいこう》のショーよ。見《み》ていきません？」

けれど、みな振《ふ》り向《む》きもせずに、通《とお》りすぎていくばかりだ。


「やあ、ミーナ。新人《しんじん》の裏方《うらかた》はどんな具合《ぐあい》？」

舞台袖《ぶたいそで》で、バスターはミーナに声《こえ》をかけた。

「覚《おぼ》えが早《はや》いわ」

新人《しんじん》の裏方《うらかた》とは、エディのことだ。ヘッドフォンをつけ、音響《おんきょう》の準備《じゅんび》をしている。

「準備完了《じゅんびかんりょう》！」

エディが大声《おおごえ》でさけんだ。

「お客様《きゃくさま》が席《せき》に着《つ》きましたよ」

ミス・クローリーが呼《よ》びにきた。

「了解《りょうかい》」

さあ、いよいよだぞ！　バスターは幕《まく》の陰《かげ》から、客席《きゃくせき》をのぞいた。いるのは、出演者《しゅつえんしゃ》——といっても、ミーナとロジータ——の家族《かぞく》だけだ。ミーナのおじいさん、おばあさん、母親《ははおや》は最前列《さいぜんれつ》に陣取《じんと》り、ロジータの二十五人《にじゅうごにん》の子《こ》どもたちは、客席《きゃくせき》でとびはねている。

「こら、みんなちゃんと座《すわ》りなさい！」

ロジータの夫《おっと》、ノーマンの子《こ》どもを叱《しか》る声《こえ》が響《ひび》く。

〈これは史上最悪《しじょうさいあく》のショーになるでしょう〉

イヌのリポーターが告《つ》げた。がらんとした客席《きゃくせき》がテレビに映《うつ》しだされる。

「みんな、聞《き》いてくれ」

幕《まく》の裏《うら》で、バスターは仲間《なかま》に伝《つた》えた。

「残念《ざんねん》ながら、客席《きゃくせき》はガラガラだ」

みんなの顔《かお》に、がっかりしたような表情《ひょうじょう》がよぎる。そんな！　せっかくここまで頑張《がんば》って、劇場《げきじょう》を再建《さいけん》したのに。

「でも、そんなの関係《かんけい》ない」

バスターは仲間《なかま》の顔《かお》を、ひとりずつ見《み》わたした。

「気《き》にしないでくれ。今夜《こんや》は、ぼくらのための夜《よる》なんだから。何《なに》があろうと、きみたちとこのショーを開《ひら》けることを、誇《ほこ》りに思《おも》う」

バスターの話《はなし》を聞《き》くうちに、みんなの顔《かお》に笑《え》みが戻《もど》った。そうだ、これは自分《じぶん》たちのショーなんだ。一《いち》から劇場《げきじょう》をふたたびつくりなおし、やっとショーを開《ひら》けるまでになった。

そのことを、まずは誇《ほこ》りに思《おも》わなくっちゃ。

「幸運《こううん》を祈《いの》りましょう、ムーンさん！」

ロジータが声《こえ》をかけた。

「よし、頑張《がんば》ろう！」

バスターは力強《ちからづよ》くうなずいた。

# 38

幕《まく》にスポットライトがあたり、三日月《みかづき》にのったバスターが照《て》らしだされた。

「ご来場《らいじょう》の、すべての動物《どうぶつ》のみなさま！　ようこそ我《わ》が……」

そこまで挨拶《あいさつ》を述《の》べたとき、数少《かずすく》ない観客《かんきゃく》のあいだから、ドッと笑《わら》いが起《お》きた。バスターは自分《じぶん》が客席《きゃくせき》に尻《しり》を向《む》けていることに気《き》づいて、あわてて前《まえ》に向《む》きなおった。ダメじゃないか。ぼくが緊張《きんちょう》してどうする！

「えっへん」

バスターは咳払《せきばら》いをし、何事《なにごと》もなかったかのような顔《かお》で挨拶《あいさつ》を続《つづ》けた。

「ようこそ、リニューアルしたこの野外劇場《やがいげきじょう》へ！　司会《しかい》をつとめるバスター・ムーンです！」

その頃《ころ》、舞台袖《ぶたいそで》ではロジータとグンターが気合《きあ》いを入《い》れていた。

「準備《じゅんび》はいい、グンター？」

「ああ、バッチリさ」

「では、トップバッターを紹介《しょうかい》しましょう」

バスターの声《こえ》が響《ひび》く。

「ダイナマイト級《きゅう》の爆発力《ばくはつりょく》が売《う》りの、グンターとロジータです！」

ぱっと幕《まく》があき、ステージがあらわれた。観客《かんきゃく》たちは、アッと驚《おどろ》いた。冷蔵庫《れいぞうこ》に洗濯機《せんたくき》、ぶら下《さ》がっている洗濯物《せんたくもの》、と家庭的《かていてき》なセットの真《ま》ん中《なか》に、チェックのエプロン姿《すがた》のロジータが登場《とうじょう》したのだ。

ロジータは手《て》にかかえた籠《かご》をおろすと、洗濯機《せんたくき》から洗《あら》い物《もの》を取《と》りだしながら歌《うた》いだした。小刻《こきざ》みに腰《こし》を振《ふ》り、テンポよく。やがて洗濯機《せんたくき》からグンターの頭《あたま》が、続《つづ》いて両脇《りょうわき》から腕《うで》があらわれ、ロジータの手《て》を引《ひ》っぱり、クルクル体《からだ》を回《まわ》した。

ママ、かっこいい！　客席《きゃくせき》のロジータの子《こ》どもたちは大喜《おおよろこ》びだ。

ステージの中央《ちゅうおう》で踊《おど》っていたロジータが冷蔵庫《れいぞうこ》のセットの陰《かげ》に隠《かく》れると、照明《しょうめい》がパッパッと点滅《てんめつ》した。舞台裏《ぶたいうら》で操作《そうさ》しているのは、エディだ。

ロジータが冷蔵庫《れいぞうこ》の陰《かげ》からあらわれた。ワオッ！　歓声《かんせい》があがった。うしろ姿《すがた》は黒《くろ》のロングドレスだが、前《まえ》を向《む》くとハイレグのレオタード姿《すがた》だ。ロジータはスカートを引《ひ》きずりながら激《はげ》しく歌《うた》い、踊《おど》った。

その動《うご》きに合《あ》わせてグンターが両手《りょうて》をあげると、洗濯機《せんたくき》のセットが吹《ふ》っとび、中《なか》からおそろいの黒《くろ》いレオタード姿《すがた》のグンターがあらわれた。ふたりともノリノリだ。歌《うた》のサビの部分《ぶぶん》では、客《きゃく》も一緒《いっしょ》になって歌《うた》った。


街角《まちかど》を歩《ある》いていたマイクは、動物《どうぶつ》たちが騒《さわ》いでいる一画《いっかく》に気《き》づいた。テレビにロジータたちの歌《うた》って踊《おど》る場面《ばめん》が映《うつ》しだされ、それを見《み》てみんな盛《も》りあがっているのだ。

「すごいな」

大柄《おおがら》なネコにいわれ、マイクはムッとした。自分《じぶん》がいなくてもショーが無事《ぶじ》おこなわれていることに内心《ないしん》、傷《きず》ついていたのだ。

「冗談《じょうだん》だろ？　肉《にく》まんがとんで跳《は》ねてるだけだ」

憎《にく》まれ口《ぐち》をたたくマイクに、ネコがいった。

「あんた、踊《おど》れるのかい？　ちっちゃいおっさん？」

その場《ば》にいたみんなが、腹《はら》をかかえて笑《わら》った。よーし！　マイクの負《ま》けじ魂《だましい》に火《ひ》がついた。

「おれ様《さま》が、本物《ほんもの》のショーを見《み》せてやる」

劇場《げきじょう》では、グンターとロジータのショーが続《つづ》いていた。

さあ、いよいよ最大《さいだい》の見《み》せ場《ば》だ。ふたりともステージの右《みぎ》と左《ひだり》に走《はし》った。そこから前転《ぜんてん》して、ステージの中央《ちゅうおう》に向《む》かう。ロジータのウエストをグンターがキャッチ。頭上高《ずじょうたか》く持《も》ちあげ、グルグル回《まわ》した。さらにグンターはロジータを宙高《ちゅうたか》く放《ほう》り、両腕《りょううで》をつかむと、ふたたびグルグル回《まわ》した。そしてフィニッシュ。ロジータはセクシーなポーズを決《き》めた。

「イエ〜イ、ママ！」

子《こ》どもたちは拍手喝采《はくしゅかっさい》だ。夫《おっと》のノーマンは、信《しん》じられないといった顔《かお》でぽかんと見《み》ている。あれがロジータ？　いつもジーンズにシャツといった地味《じみ》な格好《かっこう》で家《いえ》の中《なか》をバタバタしているロジータとは、まるで別人《べつじん》だ。

「グンターとロジータでした！」

バスターがステージに走《はし》りでてきて改《あらた》めてふたりを紹介《しょうかい》すると、ロジータの子《こ》どもたちはいっせいに、ステージに向《む》かって駆《か》けだした。

「ママ！　ママ！」

きゃあ、もみくちゃにされちゃう。

「ノーマン！」

ロジータは助《たす》けを呼《よ》んだ。ノーマンはさっそうと駆《か》けよると、ロジータのウエストをつかんで引《ひ》きよせ、熱《あつ》いキスをした。

「オー・イエー。ピギー・パワー！」

グンターが興奮《こうふん》して叫《さけ》んだ。

こうして、グンターとロジータのショーは、大《だい》成功《せいこう》のうちに幕《まく》を閉《と》じた。劇場《げきじょう》には次々《つぎつぎ》と観客《かんきゃく》があらわれだした。テレビで見《み》ていた動物《どうぶつ》たちが、面白《おもしろ》そうだとやってきたのだ。

# 39

二番手《にばんて》はジョニーだ。ピアノの前《まえ》に座《すわ》ると、ふうっとひとつ息《いき》をついた。おちつけ、おちつくんだ。思《おも》いのたけをぶつけるようにバーンと鍵盤《けんばん》をたたき、歌《うた》いだした。心《こころ》にしみる歌声《うたごえ》だ。

先《さき》ほどまで興奮《こうふん》していた観客《かんきゃく》も、今《いま》は静《しず》まりかえってジョニーの歌《うた》に聞《き》きほれている。

刑務所《けいむしょ》の雑居房《ざっきょぼう》のテレビでも、ショーが映《うつ》しだされていた。オレンジ色《いろ》のつなぎを着《き》た囚人《しゅうじん》たちが、テレビに見入《みい》っている。房《ぼう》の片隅《かたすみ》では、ビッグ・ダディがベンチに腰《こし》かけ、両手《りょうて》で顔《かお》を覆《おお》っていた。

「何《なに》を見《み》てる？　音《おと》を小《ちい》さくしてくれ」

ビッグ・ダディは訴《うった》えたが、みんなテレビに夢中《むちゅう》で聞《き》こえないらしい。

「おい、聞《き》こえねえのか？　音《おと》を小《ちい》さくしろと……」

立《た》ちあがってテレビに向《む》かったビッグ・ダディの足《あし》が止《と》まった。その目《め》が、まじまじと見開《みひら》かれる。

「ジョニー？」

まちがいない。あそこで歌《うた》っているのは、ジョニーだ。

「ジョニー。おれの息子《むすこ》だ！」

なんていきいきと歌《うた》っているんだろう。こんな晴《は》れやかな顔《かお》は、初《はじ》めて見《み》た。歌手《かしゅ》になりたいといっていた、ジョニーのことばを思《おも》い出《だ》した。これが、あいつのやりたがっていたことか。

ビッグ・ダディは居《い》ても立《た》ってもいられなくなり、窓《まど》の鉄格子《てつごうし》を両腕《りょううで》でつかむと、ありったけの力《ちから》をこめて引《ひ》き抜《ぬ》こうとした。ジョニーのもとに行《い》って、何《なに》かことばをかけてやらずにはいられなかったのだ。

「何《なに》ごとだ？」

警備室《けいびしつ》でモニターを見《み》ていたサイの警官《けいかん》たちは、部屋《へや》をとびだした。雑居房《ざっきょぼう》に駆《か》けつけると、警官《けいかん》たちは目《め》を疑《うたが》った。なんと、ビッグ・ダディが鉄格子《てつごうし》ごと窓《まど》をこわし、とびおりようとしているのだ。止《と》めようとしたが、もう遅《おそ》い。ビッグ・ダディは窓《まど》の外《そと》に消《き》えてしまった。

走《はし》っていたバスの屋根《やね》にとびのると、ビッグ・ダディは劇場《げきじょう》に向《む》かった。ジョニーに会《あ》いたくて、たまらなかった。思《おも》いきり抱《だ》きしめてやりたかったのだ。

ジョニーはしだいに熱《ねっ》が入《はい》り、すわっていた椅子《いす》から立《た》ちあがってピアノを弾《ひ》いた。サビの部分《ぶぶん》では、観客《かんきゃく》も一緒《いっしょ》になって歌《うた》った。ステージと客席《きゃくせき》が一体《いったい》となり、大盛《おおも》りあがりだ。ついこのあいだまで、たどたどしくピアノを弾《ひ》いていたジョニーとは大《おお》ちがいのエンターテイナーぶりだ。

「いかがでした？」

歌《うた》が終《お》わると、バスターがステージに走《はし》りでてきた。興奮《こうふん》で息《いき》を切《き》らしている。

「ジョニーに盛大《せいだい》な拍手《はくしゅ》を！」

ワーワー！　ピューピュー！

拍手《はくしゅ》、喝采《かっさい》、指笛《ゆびぶえ》。客席《きゃくせき》の反応《はんのう》に、ジョニーは目《め》をまるくした。うれしさに胸《むね》がじんとしてくる。ステージって、こんな気持《きも》ちのいいものだったのか！

この場《ば》に父《ちち》がいないことが寂《さび》しかった。父《とう》さんにも聞《き》かせたかったな、あの歓声《かんせい》を。聞《き》いてほしかった……。

「浮《う》かない顔《かお》ね。あんなすごい喝采《かっさい》なのに」

舞台袖《ぶたいそで》でロジータが声《こえ》をかけ、タオルを渡《わた》した。

「ありがとう、ロジータ」

ジョニーは、頭《あたま》からすっぽりタオルをかぶった。


バタバタバタ！　ヘリコプターがローターの音《おと》を響《ひび》かせ、空《そら》を旋回《せんかい》している。

「脱獄囚《だつごくしゅう》を発見《はっけん》！　十六番通《じゅうろくばんどお》りを南《みなみ》に逃走中《とうそうちゅう》！」

パイロットが報告《ほうこく》した。

ビッグ・ダディはビルの陰《かげ》から陰《かげ》にすばやく移動《いどう》した。こんなところで捕《つか》まってたまるか。

劇場《げきじょう》はすでに、大入《おおい》り満員《まんいん》になっていた。テレビを見《み》ていた動物《どうぶつ》たちが、我慢《がまん》できずに駆《か》けつけてきたのだ。その中《なか》には、銀行《ぎんこう》のジュディスの姿《すがた》もあった。

バスターは、今度《こんど》はアッシュを紹介《しょうかい》した。

「ようこそ、新《あら》たに駆《か》けつけてくださったお客様《きゃくさま》。次《つぎ》に登場《とうじょう》するのは、恋人《こいびと》にフラれたばかりのティーンエイジャーです」

おおっ！　たちまち同情《どうじょう》の声《こえ》がわきあがった。

「かわいそうですよね？　でも、自分《じぶん》でつくった曲《きょく》で、その悲《かな》しみを吹《ふ》きとばします。ご紹介《しょうかい》しましょう。みなさんの心《こころ》をふるわす歌姫《うたひめ》、アッシュです」

銀色《ぎんいろ》のワンピースにピンクの革《かわ》ジャンをはおったアッシュは、ギターをかかえて登場《とうじょう》すると、ピンクのハート形《がた》のふちのサングラスをかけた。

ジャーン！　アッシュはギターをかき鳴《な》らした。が、途中《とちゅう》でその音《おと》がプツッと止《と》まった。どうしたんだ？　観客《かんきゃく》が騒《さわ》いだ。アッシュとバスターは、そろって舞台袖《ぶたいそで》を見《み》た。銀行《ぎんこう》のジュディスが、ギターのコードをアンプから引《ひ》きぬいたのだ。

ジュディスはつかつかとステージに向《む》かうと、

「ここにいるみなさんは不法侵入《ふほうしんにゅう》です。すぐ出《で》ていきなさい」

と、客席《きゃくせき》を指《ゆび》さして不満《ふまん》そうにいった。

「ちょ、ちょっと待《ま》ってくれ」

バスターが抗議《こうぎ》しようとしたが、ジュディスは聞《き》く耳《みみ》を持《も》たない。舞台袖《ぶたいそで》の出演者《しゅつえんしゃ》たちや客《きゃく》たちも、心配《しんぱい》そうに成《な》り行《ゆ》きを見守《みまも》っている。

と、そのときだった。静《しず》まり返《かえ》った野外劇場《やがいげきじょう》に靴音《くつおと》が響《ひび》いた。アッシュが片足《かたあし》を踏《ふ》みならしているのだ。その音《おと》につられて、客席《きゃくせき》から手拍子《てびょうし》が起《お》きた。

ギターがなくても、あたしには声《こえ》がある。歌《うた》ってみせる！　アッシュは歌《うた》いだした。手《て》拍子《びょうし》も、どんどん大《おお》きくなる。

「そっちがその気《き》なら、警察《けいさつ》を呼《よ》ぶわ」

ジュディスはいまいましげに吐《は》き捨《す》て、ステージから去《さ》っていった。バスターはさっそくギターのコードをアンプにつないだ。アッシュはふたたびギターをかき鳴《な》らし、心《こころ》の底《そこ》から思《おも》いをこめて歌《うた》った。客《きゃく》たちは、今《いま》や総立《そうだ》ちだ。


「何《なに》これ？　ダサい歌《うた》」

アパートでテレビを見《み》ていたベティはテレビを消《け》し、リモコンを放《ほう》りなげた。

「ああ、ほんとダサいよな」

横《よこ》でランスもうなずいた。が、ベティが別《べつ》の部屋《へや》に行《い》ってしまうと、急《いそ》いでリモコンを拾《ひろ》いあげ、テレビをつけた。


ギターソロのパートにさしかかった。アッシュはステージの前方《ぜんぽう》まで駆《か》けていき、激《はげ》しく頭《あたま》を振《ふ》りながら、ギターを弾《ひ》いた。ヤマアラシの針《はり》があちこちとび散《ち》る。そのひとつが、帰《かえ》ろうとしていたジュディスにも突《つ》き刺《さ》さった。

アッシュはふたたびマイクの前《まえ》に戻《もど》ると、声《こえ》を張《は》りあげシャウトした。歌《うた》いおわったとき、客席《きゃくせき》がしんとしていることに気《き》づいた。まずい、頭《あたま》の針《はり》が飛《と》んじゃったんだ！

「あー、みんな大丈夫《だいじょうぶ》？」

アッシュは心配《しんぱい》そうに尋《たず》ねた。次《つぎ》の瞬間《しゅんかん》、客《きゃく》たちは大歓声《だいかんせい》を送《おく》った。

「どうです、みなさん？　新《あら》たな天才《てんさい》ロックスターの誕生《たんじょう》です！」

バスターは声《こえ》を張《は》りあげた。アッシュは照《て》れた様子《ようす》で、

「ムーンさん、顔《かお》に針《はり》が刺《さ》さってるよ」

と、針《はり》を抜《ぬ》いてやった。

# 40

ビッグ・ダディは、ビルの屋上《おくじょう》にいた。ヘリコプターのライトに照《て》らされそうになり、あわてて、物陰《ものかげ》に身《み》を隠《かく》した。ふうっ、危《あぶ》ないとこだったぜ。見《み》つかってたまるか。ジョニーにひと目《め》会《あ》って、いってやりたいことがあるんだ。

「体《からだ》は小《ちい》さくとも、その才能《さいのう》の大《おお》きさは、誰《だれ》にも引《ひ》けはとりません。その歌声《うたごえ》に酔《よ》いしれてください。マイクの登場《とうじょう》です！」

「よくも戻《もど》ってこれたわね」

舞台袖《ぶたいそで》で、ロジータはマイクをなじった。一度《いちど》はショーを見捨《みす》てていったくせに、のこのこと戻《もど》ってきたマイクのことが、許《ゆる》せなかったのだ。マイクは周囲《しゅうい》の冷《つめ》たい目《め》にも平然《へいぜん》としていた。

「まあまあ。本物《ほんもの》のショーってやつをみんなに見《み》せてやろうと思《おも》ってな。よく見《み》てろよ」

幕《まく》がするするとあき、マイクがあらわれた。歌《うた》は『マイ・ウェイ』。

最初《さいしょ》の一小節《いっしょうせつ》を聞《き》いただけで、客《きゃく》たちはびっくりした。あのハツカネズミが、こんなに歌《うた》えるなんて。深《ふか》い歌声《うたごえ》。豊《ゆた》かな表現力《ひょうげんりょく》。引《ひ》きこまれずにはいられない。みんな、うっとりと聞《き》きほれた。

クラブでテレビを見《み》ていたチンピラのクマが、飲《の》んでいた酒《さけ》をブッと噴《ふ》きだした。

「ボス。あの野郎《やろう》です。マイクです！」

ボス・ベアもテレビに目《め》をやった。確《たし》かにマイクだ。あの野郎《やろう》、図々《ずうずう》しくテレビなんか出《で》ていやがって！

ボス・ベアや手下《てした》のクマたちは、すぐさま劇場《げきじょう》に向《む》かった。

マイクが危《あぶ》ない！　その様子《ようす》を見《み》ていたガールフレンドのナンシーは、みんなのあとを追《お》いかけた。

ステージでは、マイクが思《おも》い入《い》れたっぷりに歌《うた》い続《つづ》けていた。舞台袖《ぶたいそで》でジョニーが聞《き》いていると、頭《あたま》に小石《こいし》がコツンと当《あ》たった。なんだ？　ジョニーは振《ふ》り返《かえ》った。その目《め》がまるくなる。

父《とう》さん？　どうしてここに？

オレンジ色《いろ》のつなぎ姿《すがた》のビッグ・ダディが、そこに立《た》っていたのだ。父《とう》さん、脱走《だっそう》してきたのか？　おれに会《あ》うために？　信《しん》じられない！　ジョニーは、自分《じぶん》でも知《し》らないうちに父親《ちちおや》に駆《か》けよっていた。ビッグ・ダディは息子《むすこ》をぎゅっと抱《だ》きしめた。

「おまえを誇《ほこ》りに思《おも》うぞ」

父《とう》さん、歌《うた》うのを認《みと》めてくれたんだね！　危険《きけん》を冒《おか》してまで、それをいうためにここまできてくれたなんて！　ジョニーは、父親《ちちおや》の胸《むね》に顔《かお》をうずめた。ありがとう、父《とう》さん。おれも父《とう》さんの息子《むすこ》でよかった！

野外劇場《やがいげきじょう》の上空《じょうくう》をとびかうヘリコプターの数《かず》が多《おお》くなった。観客《かんきゃく》たちも、思《おも》わず上空《じょうくう》を見《み》た。騒《さわ》がしいな。なんなんだろう？　ローターが起《お》こす風《かぜ》に、マイクは吹《ふ》きとばされそうになった。それでもめげずに歌《うた》い続《つづ》けた。ついに帽子《ぼうし》がとんでいった。マイクは両手《りょうて》を拳《こぶし》に握《にぎ》って踏《ふ》ん張《ば》り、力《ちから》いっぱい声《こえ》を張《は》りあげた。が、風《かぜ》に負《ま》けて空高《そらたか》く舞《ま》いあがっていった。観客《かんきゃく》たちからはもう肉眼《にくがん》で確認《かくにん》できないほど……。それでも歌《うた》い続《つづ》けた。

ボス・ベアたちの車《くるま》はまっすぐ劇場《げきじょう》を目指《めざ》していく。そのうしろを、ナンシーの運転《うんてん》する車《くるま》が続《つづ》く。

「目標《もくひょう》を見失《みうしな》いました。追跡《ついせき》を中止《ちゅうし》します」

ヘリコプターのパイロットが告《つ》げ、劇場《げきじょう》の上空《じょうくう》から去《さ》っていった。


ヘリコプターが去《さ》り、最後《さいご》のヤマ場《ば》であるフィナーレとともに、マイクがステージをかすめながら舞《ま》いおりる。歌《うた》が終《お》わると、拍手《はくしゅ》の嵐《あらし》だ。

「ありがとう、みんな。ちょっと拍手《はくしゅ》しすぎじゃない？　テレるな。やめてくれよ。いや、いいよ。続《つづ》けて続《つづ》けて」


「そろそろ戻《もど》んねえと。連中《れんちゅう》が騒《さわ》ぐからな」

ジョニーと抱《だ》きあっていたビッグ・ダディは体《からだ》を離《はな》した。

「面会《めんかい》にきてくれるか？」

「もちろんだよ」

ジョニーはうなずいた。

「じゃあな」

ビッグ・ダディはさっと背《せ》を向《む》け、走《はし》り去《さ》った。父《とう》さん、ありがとう！　ジョニーは心《こころ》の中《なか》で、そっとつぶやいた。

# 41

「いよいよ、最後《さいご》の出演者《しゅつえんしゃ》となりました」

これまでのところ、大成功《だいせいこう》だ。バスターのアナウンスにも、力《ちから》がこもる。

「今夜《こんや》、初《はじ》めて人前《ひとまえ》で歌声《うたごえ》を披露《ひろう》します。あたたかい拍手《はくしゅ》をお願《ねが》いします。ミーナ！」

拍手《はくしゅ》が起《お》きたが、ミーナはあらわれない。また怖《こわ》くなったのか？　バスターは舞台袖《ぶたいそで》に駆《か》けこんだ。

「どうした、ミーナ？　大丈夫《だいじょうぶ》かい？」

「……動《うご》けないの。怖《こわ》すぎて……」

ミーナはうめいた。いよいよというときになって、怖気《おじけ》づく自分《じぶん》が情《なさ》けなかった。これが本当《ほんとう》に最後《さいご》のチャンスなのは、痛《いた》いほどわかっているのだが。

客席《きゃくせき》から手拍子《てびょうし》が聞《き》こえる。ミーナの登場《とうじょう》を、みんな待《ま》ちわびている。

「手《て》を貸《か》してごらん」

バスターがやさしくいった。

「ほら、深呼吸《しんこきゅう》して。いっただろ？ ただ歌《うた》えばいいんだって。歌《うた》いだせば、恐怖《きょうふ》なんて吹《ふ》っとぶって」

「ミーナ！」

「ミーナ！」

「ミーナ！」

おじいさん、おばあさん、母親《ははおや》の声援《せいえん》が聞《き》こえる。家族《かぞく》のためにも歌《うた》わなくっちゃ！

ミーナは心《こころ》を決《き》めた。

青《あお》いドレス姿《すがた》のミーナは、おずおずとステージに歩《ある》いていった。緊張《きんちょう》のあまり、スタンドマイクを蹴《け》ってしまった。最前列《さいぜんれつ》の観客《かんきゃく》に、マイクがぶつかった。

「ああ、ごめんなさい」

エディがさっとあらわれ、マイクをもとに戻《もど》した。

「ありがとう」

ミーナは舞台袖《ぶたいそで》に目《め》をやった。バスターと目《め》が合《あ》う。バスターが励《はげ》ますようにうなずいた。

ミーナはマイクに向《む》かった。

「……ああ……」

最初《さいしょ》は蚊《か》の鳴《な》くような小《ちい》さな声《こえ》だった。が、気持《きも》ちがおちつくにつれ、しだいに声《こえ》が大《おお》きくなってきた。歌《うた》うことに集中《しゅうちゅう》できるようになったからだ。その美《うつく》しい歌声《うたごえ》に、客席《きゃくせき》は静《しず》まりかえった。ミーナにもう恐怖《きょうふ》はない。歌《うた》うことが楽《たの》しくてしかたなかった。

音楽《おんがく》が盛《も》りあがるにつれ、ミーナもノリノリになった。客席《きゃくせき》も手拍子《てびょうし》や指笛《ゆびぶえ》と、にぎやかになった。

「ヒャッホー！」

マイクが舞台袖《ぶたいそで》で叫《さけ》んでいると、突然《とつぜん》、誰《だれ》かにうしろから体《からだ》をつままれた。相手《あいて》は、ボス・ベアだ。

「なあ、話《はな》せばわかるって」

マイクは、必死《ひっし》に訴《うった》えた。ボス・ベアはマイクをつまんだまま、黙《だま》って通《とお》りを歩《ある》いている。

「おれたち、大人《おとな》だろう？　ウワー！」

マイクはボス・ベアの口《くち》に放《ほう》りこまれそうになり、あわてて道路《どうろ》にとびおりた。キキー

ッ！　赤《あか》いオープンカーが停《と》まり、

「早《はや》くのって！」

ナンシーが声《こえ》をかけた。

「ありがとう！」

マイクは助手席《じょしゅせき》にとびのった。

「助《たす》かったよ、ナンシー」


ステージでは、ミーナの熱唱《ねっしょう》が続《つづ》いていた。マイクを手《て》に、ステージの端《はし》から端《はし》までリズミカルに移動《いどう》していく。その巨体《きょたい》の重《おも》みで、急《きゅう》ごしらえのステージがミシミシ音《おと》を立《た》てだした。

いよいよクライマックスだ。ミーナは大《おお》きくジャンプすると、上体《じょうたい》をのけぞらせて声《こえ》を張《は》りあげた。と同時《どうじ》に背景《はいけい》が壊《こわ》れ、夜空《よぞら》の満月《まんげつ》がミーナを照《て》らした。

ヒューヒュー！　ピューピュー！


客《きゃく》はこれも演出《えんしゅつ》の一部《いちぶ》だと思《おも》ったらしい。割《わ》れんばかりの拍手《はくしゅ》だ。

「ミーナ、最高《さいこう》よ！」

「うちの孫《まご》よ！」

「やった！」

ミーナの母親《ははおや》、おばあさん、おじいさんが口々《くちぐち》に叫《さけ》んだ。

グンター、ロジータ、ジョニー、アッシュもステージに走《はし》ってきて、ミーナと並《なら》んだ。ショーは大成功《だいせいこう》だ。出演者《しゅつえんしゃ》たちは一列《いちれつ》に並《なら》ぶと、手《て》をつないで深々《ふかぶか》とお辞儀《じぎ》をした。それを見《み》て、バスターは胸《むね》が熱《あつ》くなった。

ああ、父《とう》さんがここにいてくれたらなあ。どんなに喜《よろこ》んでくれただろう。

そのとき、ひときわ大《おお》きな指笛《ゆびぶえ》が響《ひび》いた。なんと、ナナ・ヌードルマンだ。ナナの頭《あたま》にはアッシュの針《はり》が刺《さ》さっている。こっそり観《み》にきてくれていたんだ。バスターと目《め》が合《あ》うと、ナナは片手《かたて》をあげた。バスターはそっと頭《あたま》を下《さ》げた。ありがとう、ナナ！

バスターにとって、ナナに認《みと》めてもらえたことは、何《なに》よりうれしいことだった。

数日後《すうじつご》、銀行《ぎんこう》の立《た》て看板《かんばん》の上《うえ》に『売約済《ばいやくず》み』のシールが貼《は》られた。ショーに感激《かんげき》したナナが、劇場《げきじょう》を買《か》いもどすことにしたのだ。銀行《ぎんこう》への借金《しゃっきん》を返《かえ》し、さらに劇場《げきじょう》を建《た》てなおすための資金《しきん》まで出《だ》してくれるという。

ナナは購入契約書《こうにゅうけいやくしょ》にサインをすると、それをジュディスに渡《わた》した。バスターとエディがナナに抱《だ》きついた。これでムーン劇場《げきじょう》が、本格的《ほんかくてき》に再建《さいけん》されることとなったのだ。

工事《こうじ》は順調《じゅんちょう》に進《すす》み、ついに劇場《げきじょう》のグランド・オープンの日《ひ》がきた。続々《ぞくぞく》とつめかけた客《きゃく》を前《まえ》に、バスターとその仲間《なかま》たちは玄関前《げんかんまえ》に並《なら》んだ。

「ようこそ、新《あたら》しくなったムーン劇場《げきじょう》に」

歓声《かんせい》があがるなか、ムーンはテープを切《き》った。胸《むね》に熱《あつ》いものがこみあげる。

ヒット作品《さくひん》がつくれず、どん底《ぞこ》にまで落《お》ちた。なんとか這《は》いあがるために、歌《うた》のコンテストを思《おも》いついた。そのおかげで、すばらしい仲間《なかま》と出会《であ》えた。劇場《げきじょう》が壊《こわ》れて何《なに》もする気《き》が起《お》きなかったときでも、みんなはバスターを見捨《みす》てず、奮《ふる》いたたせてくれた。

これからも、みんなと一緒《いっしょ》に歩《ある》いていこう。バスターは左右《さゆう》にいる仲間《なかま》の顔《かお》を見《み》た。そして空《そら》を見《み》あげた。

父《とう》さん、見《み》てくれてる？　ぼくのすばらしい友人《ゆうじん》たちだよ。ここにいる仲間《なかま》のおかげで、劇場《げきじょう》も再建《さいけん》できた。それもみんな、父《とう》さんのおかげだ。父《とう》さんがいてくれたからだ。ありがとう！

よくやった、バスター。父《とう》さんの声《こえ》が聞《き》こえた気《き》がした。

Shogakukan Junior Bunko

★小学館ジュニア文庫★

# SING シング

2017年３月20日　初版第１刷発行
2017年６月24日　　　第４刷発行

著者／澁谷正子

発行人／立川義剛
編集人／吉田憲生
編集／油井　悠

発行所／株式会社　小学館
〒101-8001　東京都千代田区一ツ橋２－３－１
電話　編集　03-3230-5105
販売　03-5281-3555

印刷・製本／中央精版印刷株式会社

デザイン／岡崎恵子


Printed in Japan　ISBN 978-4-09-231151-0

## ★「小学館ジュニア文庫」を読んでいるみなさんへ★

この本《ほん》の背《せ》にあるクローバーのマークに気《き》がつきましたか？

オレンジ、緑《みどり》、青《あお》、赤《あか》に彩《いろど》られた四《よ》つ葉《ば》のクローバー。これは、小学館《しょうがくかん》ジュニア文庫《ぶんこ》のマークです。そして、それぞれの葉《は》の色《いろ》には、私《わたし》たちがジュニア文庫《ぶんこ》を刊行《かんこう》していく上《うえ》で、みなさんに伝《つた》えていきたいこと、私《わたし》たちの大切《たいせつ》な思《おも》いがこめられています。

オレンジは愛《あい》。家族《かぞく》、友達《ともだち》、恋人《こいびと》。みなさんの大切《たいせつ》な人《ひと》たちを思《おも》う気持《きも》ち。まるでオレンジ色《いろ》の太陽《たいよう》の日差《ひざ》しのように心《こころ》を暖《あたた》かにする、人《ひと》を愛《あい》する気持《きも》ち。

緑《みどり》はやさしさ。困《こま》っている人《ひと》や立場《たちば》の弱《よわ》い人《ひと》、小《ちい》さな動物《どうぶつ》の命《いのち》に手《て》をさしのべるやさしさ。緑《みどり》の森《もり》は、多《おお》くの木々《きぎ》や花々《はなばな》、そこに生《い》きる動物《どうぶつ》をやさしく包《つつ》み込《こ》みます。

青《あお》は想像力《そうぞうりょく》。芸術《げいじゅつ》や新《あたら》しいものを生《う》み出《だ》していく力《ちから》。立場《たちば》や考《かんが》え方《かた》、国籍《こくせき》、自分《じぶん》とは違《ちが》う人《ひと》たちの気持《きも》ちを思《おも》い、協力《きょうりょく》しあうことも想像《そうぞう》の力《ちから》です。人間《にんげん》の想像力《そうぞうりょく》は無限《むげん》の広《ひろ》がりを持《も》っています。まるで、どこまでも続《つづ》く、澄《す》みきった青《あお》い空《そら》のようです。

赤《あか》は勇気《ゆうき》。強《つよ》いものに立《た》ち向《む》かい、間違《まちが》ったことをただす気持《きも》ち。くじけそうな自分《じぶん》の弱《よわ》い気持《きも》ちに立《た》ち向《む》かうことも大《おお》きな勇気《ゆうき》です。まさにそれは、赤《あか》い炎《ほのお》のように熱《あつ》く燃《も》え上《あ》がる心《こころ》。

四《よ》つ葉《ば》のクローバーは幸《しあわ》せの象徴《しょうちょう》です。愛《あい》、やさしさ、想像力《そうぞうりょく》、勇気《ゆうき》は、みなさんが未来《みらい》を切《き》りひらき、幸《しあわ》せで豊《ゆた》かな人《じん》生《せい》を送《おく》るためにすべて必要《ひつよう》なものです。

体《からだ》を成長《せいちょう》させていくために、栄養《えいよう》のある食《た》べ物《もの》が必要《ひつよう》なように、心《こころ》を育《そだ》てていくためには読書《どくしょ》がかかせません。みなさんの心《こころ》を豊《ゆた》かにしていく本《ほん》を一冊《さつ》でも多《おお》く出《だ》したい。それが私《わたし》たちジュニア文庫編集部《ぶんこへんしゅうぶ》の願《ねが》いです。

みなさんのこれからの人生《じんせい》には、困《こま》ったこと、悲《かな》しいこと、自分《じぶん》の思《おも》うようにいかないことも待《ま》ち受《う》けているかもしれません。どうか「本《ほん》」を大切《たいせつ》な友達《ともだち》にしてください。どんな時《とき》でも「本《ほん》」はあなたの味方《みかた》です。そして困難《こんなん》に打《う》ち勝《か》つヒントをたくさん与《あた》えてくれるでしょう。みなさんが「本《ほん》」を通《つう》じ素敵《すてき》な大人《おとな》になり、幸《しあわ》せで実《みの》り多《おお》い人生《じんせい》を歩《あゆ》むことを心《こころ》より願《ねが》っています。

**小学館ジュニア文庫編集部**